EL NIÑO, EL PALOMO
Y LA MADERA

ExLibric

LORENZO ORELLANA HURTADO

EL NIÑO, EL PALOMO Y LA MADERA

EXLIBRIC
ANTEQUERA 2024

EL NIÑO, EL PALOMO Y LA MADERA
© Lorenzo Orellana Hurtado
Diseño de portada: Dpto. de Diseño Gráfico Exlibric

Iª edición

© ExLibric, 2024.

Editado por: ExLibric
c/ Cueva de Viera, 2, Local 3
Centro Negocios CADI
29200 Antequera (Málaga)
Teléfono: 952 70 60 04
Fax: 952 84 55 03
Correo electrónico: exlibric@exlibric.com
Internet: www.exlibric.com

ISBN: 978-84-10076-89-1
Depósito Legal: MA 1809-2024

Impresión: PODiPrint
Impreso en Andalucía – España

Nota de la editorial: ExLibric pertenece a Innovación y Cualificación S. L.

LORENZO ORELLANA HURTADO

EL NIÑO, EL PALOMO
Y LA MADERA

Los recuerdos no pueblan nuestra soledad, como suele decirse;
antes al contrario, la hacen más profunda.

Gustave Flaubert

A Diego y Rosario, mis padres,
a la niña y a los cuatro hermanos
que tras ella llegaron.

Y a todos los padres de la década de los 40,
tiempos duros, que todo lo dieron
por salvar al país y a los hijos.

El accidente

Tenía tres años cuando se me rompió la clavícula. Sucedió de la forma más inesperada: imitando a los cigarrones. Comencé a dar saltos en la cama de mis padres y perdí el equilibrio y el botijo, que se encontraba a los pies de la cama, recibió el impacto de mi cuerpo. Grité con todas mis fuerzas, y allí estaban mis padres...

Yo sabía que, tras la guerra, habíamos vuelto a Palenciana. Al comienzo de la misma, mis padres debieron salir a toda prisa de su pueblo. La causa: que mi padre tenía trato con la gente principal del lugar. Era el único carpintero, por eso, alguien lo apuntó en la lista de los que debían ser fusilados. Y él, mi madre y yo, en su seno, nos marchamos a donde vivía mi abuela Amalia: Antequera. Y por eso, cuando España llevaba seis meses de guerra vine a la luz de este mundo, en la *cuesta de los Rojas*. Terminada la contienda, volvimos a Palenciana. Y ya tengo más de tres años.

Pero en Palenciana no teníamos médico, por lo que, tras el porrazo, mi padre palpó el hombro, miró a mi madre y puso el *hueso* en su sitio, según decía. Todavía siento el roce de sus dedos poniéndome unas tiras de tela blanca, que mi madre había sacado de una sábana. Mi tío Reverte nos prestó el caballo y, por el camino que atraviesa el río, mi padre me llevó al pueblo vecino. El Genil lo pasamos en la barca y la cuesta la subimos a lomos del animal, pero el caballo resoplaba con tanta fuerza que sus bufidos siguieron retumbando en mi cabeza durante mucho tiempo. Noches hubo que, incluso, llegué a soñar con ellos. También soñé con la mirada de las mujeres que esperaban en la consulta del doctor, allá en Benamejí. Ellas dijeron:

—El doctor está aquí, pero usted tiene que esperar.

Y pusieron sus ojos en mí, de tal manera que no sé qué querían encontrar. «Aquellos ojos fueron una inquisición», comentaba mi padre.

A él no debieron agradarle, porque también se los clavaron, según refería.

Del médico ni me acuerdo. Mi padre dijo que me palpó el hombro y preguntó:

—¿Quién lo ha vendado?

—Yo —dijo él.

—Pues lo hecho, hecho está —fue su respuesta.

Y nos volvimos para Palenciana.

Mi padre siempre recordaba con orgullo la cura que me había practicado, pero como el botijo al pie de la cama fue el culpable del accidente, tuvimos que irnos para el cortijo en verano. Ya que, cuando llegamos, aún llevaba el vendaje…

El trabajo

A las pocas semanas de estar en el cortijo, me despertaron las yuntas. Salían para arar. Corrí hacia la ventana para verlas y oí a los yunteros, que iban diciendo:

—Esto es una ruina.

Mi madre, que también los oyó, dijo:

—Son cosas de la guerra y de las sequías.

Yo no entendía el lenguaje de los mayores, pero después supe que hubo años de pertinaz sequía.

Mi madre añadió:

—Cuando los hombres se convierten en masas dejan de ser personas.

Tampoco sabía lo que eran las masas, por eso, cuando no entendía alguna palabra, observaba los extremos negros y en ruinas del cortijo. Y si seguía sin entender, miraba los muros que acababan de levantar los albañiles. Aquellos muros tan derechos me gustaban, parecían estar esperando. Por eso, a veces, pensaba que entendía algo mejor a los mayores. Mi padre se había subido sobre ellos y, con una cuerda, medía el largo y ancho de los mismos. Después, en el suelo, dibujaba en un papel lo que parecía un tejado con líneas como vigas.

—¿Qué pintas? —le pregunté.

—El armazón.

—¡Ah!, ¿y esos trazos?

—Las vigas.

—¿Tantas?

—Cuéntalas.

Y comencé a contarlas, porque mi padre me estaba enseñando los números.

—¿Tantas?

—Las que necesite.

Me aparté de su lado, porque cuando mi padre dibujaba un armazón, no se le debía interrumpir, o eso había dicho mi madre: «Hijo, cuando papá se pone a escribir o dibujar —que es otra clase de trabajo—, no lo interrumpas. No se debe distraer».

Después, en el patio y con el metro en la mano, mi padre medía y apartaba las vigas. El patio era el corazón del cortijo y las vigas, troncos de árboles cepillados y acostados.

—Cuando la obra esté acabada va a quedar muy bien —dijo mi padre en el almuerzo.

—Mejor que antes —le contestó mi madre.

Y es que mi padre nunca se aburría, ni siquiera cortando, aserrando, cepillando, ajustando, clavando o envigando.

—El trabajo no aburre, hijo, y yo he nacido para lo que me gusta, que es trabajar la madera —me dijo el día en el que, por no esperar, le picaron los tábanos.

—¡Si hubieras esperado —exclamó mi madre— habrías encendido fuego debajo de la tabarrera y con el humo no habría quedado ni un tábarro, pero tú no tienes paciencia, Diego!

—Hay tanto que hacer que no se puede esperar, niña —le contestó él.

El *pensaor*

Nuestra vivienda era una habitación. Allí vivíamos los tres. Bueno, una habitación con una alacena y una ventana con su poyete. El poyete era mi lugar preferido, porque me sentaba en él y veía a los yunteros, a los árboles, un trozo del camino y a cuantos pasaban, que eran muy pocos. Pero por allí se asomó un día el señorito y me alargó dos cajas, diciendo:

—Toma.

Las abrí. En una había un gato y en la otra, un palomo. Mi madre se acercó y dijo:

—¿Manda algo el señorito?

—Nada, Rosario, es un regalo para el niño.

En el cortijo no había niños, solo yo, y, por eso, el gato y el palomo fueron, desde aquel día, mis amigos.

—Primero —dijo mi padre—, los acaricias sin hacerles daño, que se acostumbren a tu mano. Después, les das de comer. Procura que no pasen hambre.

«Que no pasen hambre». Y recordé que el encargado había dicho: «Estos años de postguerra son tiempos de hambre, Diego». Y mi padre le había contestado: «Como que todo escasea».

Así que yo guardaba migajas de pan y se las daba a mis amigos. Después, nos poníamos a jugar. Me costó conseguir que me hicieran caso. El gato aprendió antes, sin duda, era más listo. Pero, al fin, conseguí que se posaran en mis brazos y subieran hasta mis hombros.

El cortijo era tan grande que, aunque mi madre me decía que no me alejara, cada día descubría cosas nuevas. Un domingo, mi padre me llevó hasta las cuadras. «Porque el domingo no se trabaja, es el día del Señor», había dicho mi madre.

Y en las cuadras estaban las bestias que servían para arar, transportar el grano y tirar del carro cuando se iba al pueblo. Allí conocí a Juanillo, el *pensaor*.

—¿El *pensaor*? —le pregunté—. ¿Y qué piensas?

Me miró, se echó a reír y dijo:

—No, el *pensaor* es quien pone el pienso a los animales.

—¡Ah! —dije—. ¿Y dónde vives?

—Ven.

Me cogió de la mano, me llevó hacia la pared del fondo y señaló unas escaleras de madera.

—Allá arriba, ¿ves el altillo?

—¿Tú solo?

—Sí. Arriba no se pasa frío, porque los animales calientan la cuadra.

—Ah, eso está bien. Mi gato y mi palomo duermen conmigo, pero no calientan nada.

—Es que son otros animales.

—Sí, pero si se pierde una bestia, ¿cómo sabes cuál es?

—¿Por qué lo preguntas?

—Pues porque se parecen.

—Si te fijas, verás las diferencias. Por ejemplo: la alzada, el color, las crines, las cabezas y las colas son diferentes. Y si miras sus ojos, descubrirás que la mirada de una bestia es muy personal.

—¡Ah! —dije, y me quedé pensando que había dicho «por ejemplo».

«Yo tengo que aprender a hablar así: "Por ejemplo, mi palomo y mi gato tienen una mirada muy personal". Me gusta la forma de hablar de Juanillo. Mi padre me tiene dicho que cuando volvamos al pueblo, lo primero que va a hacer es apuntarme a la escuela, porque para aprender hay que ir a la escuela. ¿A qué escuela habrá ido Juanillo? ¿Y mi padre? Un día se lo voy a preguntar a los dos».

Aguzar

Recuerdo que mi madre repetía: «no te alejes mucho de la casa». Pero como mi padre me había dicho que las mamás son asustonas, cada vez que me movía era como una aventura, como si persiguiera a alguien o buscase un secreto, como quien avanza tras una pista recién descubierta. Por eso, aquel ruido que acababa de oír, se me impuso y sentí que me atraía. El oído es estupendo. Mi padre me dijo que había animales que se orientaban con los oídos. Y, a mí, aquellos golpes claros me condujeron ante un hombre que vestía un mono sucio. Y él, nada más verme, sonrió, puso cara de intriga y dijo:

—¿A que lo adivino?

Lo observé sin pestañear, porque ¿qué iba a adivinar?

—Tú eres el hijo del carpintero.

Yo me eché a reír; él, también, y entonces le pregunté:

—¿Qué haces?

—Aguzando la reja.

—¿Aguzando?

—Sí, afilándola.

—¿A martillazos?

—Sí, con el macho ahora y, después, con otra herramienta.

—¿Por qué?

—Porque tiene que ahondar la tierra para ararla bien. ¿Tú sabes lo que es arar?

—Creo que sí.

Él me observó de arriba abajo y añadió:

—Me parece que tienes fuerza, ven y dale a la manivela.

Así fue como conocí a Jerónimo, quien me dijo que era el herrero, manijero, aperador y talabartero, porque hacía todas esas cosas. Y nos hicimos amigos, hasta el punto de que, cuando iba a verlo, sonreía, se ponía a hablar y me contaba cosas.

Un día le dije:

—Jerónimo, me estás aguzando.

—¿Qué?

—Que yo también me estoy afilando, porque, desde que estoy contigo, aprendo cosas.

—¿Qué cosas?

—Cómo trabajas, cómo funciona la fragua, la fuerza del fuego y palabras.

—¿Cuántas?

—Aguzar fue la primera; después, reja, orejeras, mancera, yunque, aperador, talabartero y herrero, porque otras ya las sabía.

—Bien. ¿Y tú sabes otra cosa?

—¿Qué cosa?

—Que oírte es una gozada. Es casi como bañarse en el mar.

—¿En el mar?

—Sí, en el mar.

—¿Y qué es el mar?

—¿No lo sabes?

Yo me encogí de hombros.

—El mar es agua, tanta, que se te pierde la vista sin que tus ojos tropiecen con caminos, casas, árboles o montes.

—¿Y sirve para regar?

—No, para regar no, está salada, pero gracias al mar comemos pescado.

—¿Y dónde está el mar?

—Está en la costa.

—¡Ah! ¿Pues tú sabes una cosa? Tengo que decirle a mi padre que un día quiero ir a la costa para ver el mar.

—Eso está bien —dijo.

Descolgó de la pared una herradura, la miró y me la entregó, diciendo:

—Toma este pequeño regalo para que suceda como deseas.

Cogí la herradura y me puse a contar los huecos.

—Siete —dije.

—Sí, siete. Una herradura con siete agujeros trae suerte. Te la regalo para que tengas mucha suerte y un día veas el mar.

Le di las gracias y salí corriendo para enseñársela a mi madre.

El palomo y el gato

¿Cuánto tiempo llevamos en la Casería? Seguro que mucho, porque el gato y el palomo ya no duermen conmigo. El gato ronda a mi madre, siempre detrás de ella. Creo que le da de comer mejor que yo, pero por las noches desaparece. Mi padre dice que esa es su vida, que no me preocupe. Al palomo le ha hecho una casa de madera, que ha colgado en la pared, fuera de la vivienda.

—Ya está el palomo en su palomar —decimos.

Al palomo le gusta volar a los árboles y picotear el suelo. Mi madre dice que los palomos saben apañárselas. Será verdad, pero el jueves no durmió en su palomar y el viernes tampoco. Yo me puse triste, porque el encargado dejó caer:

—Puede que un ave de rapiña lo haya matado.

Mi padre me dijo:

—No estés triste, que si no vuelve, te apaño otro.

—Otro no, yo quiero mi palomo —le respondí casi gritando.

Pero el domingo se presentó Juanillo con la noticia:

—Diego, el palomo está en el pueblo, en la taberna.

—¿Estás seguro?

—Para los animales tengo vista.

Mi padre fue a la carpintería y volvió con un saco. Entró en la casa, donde estaba el gato con mi madre, lo acarició y lo metió en el saco; después, miró a mi madre y dijo:

—El niño y yo nos vamos al pueblo. Dice Juanillo que el palomo puede que esté por allá.

Y tras entregarme el saco con el gato, me sentó en el cuadro de la bicicleta y partimos.

Mi padre maneja la bicicleta muy bien, hace títeres con ella: da saltos, se sienta mirando para atrás y hasta conduce con una rueda.

—Papá —le dije.

—¿Qué?

—¿Y si te montas en la bicicleta y el encargado, Juanillo, los yunteros, albañiles y yo miramos y tú demuestras lo que sabes? ¿Qué te parece?

—Niño, de lo que ahora se trata es del palomo.

Y ya no volví a hablar, porque era verdad: de la bicicleta no se trataba.

Llegamos al pueblo en un periquete. Esa palabra le gustaba a mi padre: «Esto hay que hacerlo en un periquete».

Se detuvo ante la puerta de la taberna y me dijo:

—No sueltes ni abras el saco. Tú, a mi lado, sin despegarte. —Y empujó la portera de cristales. (La taberna del Mellizo, allá en Palenciana, también tiene una portera así. Es la única taberna que yo conozco. Anica, la mujer del Mellizo, me regalaba cuadraditos de azúcar y me escondía debajo de su delantal para que mi padre no me viera, pero de eso debía hacer demasiado tiempo.)

Así que entramos en aquella taberna llena de hombres. Estaban bien, dentro no hacía frío. Nada más entrar, vi a mi palomo en una jaula, tras el mostrador. Mi padre me puso la mano sobre la cabeza para que no me moviera y se acercó al hombre que llenaba un vaso de vino.

—Maestro, si no es mucho preguntar, ¿puede decirme de quién es ese palomo?

El hombre miró a mi padre y dijo:

—Pues creo que es de mi hijo.

—¿Y se puede hablar con su hijo?

—Ahí viene.

Un muchacho, tan alto como Juanillo, se acercó con una bandeja.

—¿Qué pasa?

—Que preguntan por el palomo.

—¿Y qué quieren?

—Muchacho —dijo mi padre—, si me lo permites, desearía decirte que ese palomo es de mi niño. —Y me señaló.

—¿Y quién lo demuestra?

Los hombres se levantaron y se fueron acercando, seguro que querían oír mejor.

—Si abres la jaula —dijo mi padre—, a lo mejor, se puede saber.

Mi padre me pidió el saco y lo abrió. Cogió al gato y lo sostuvo en su brazo. Después, añadió:

—Si abres la jaula y el palomo se viene con el gato, a lo mejor resulta que es de mi niño.

Y me entregó el gato.

Los clientes miraban con cara de sorpresa… Y, entonces, el tabernero dijo:

—Es justo lo que pide, pues me contaste que te lo habías encontrado.

—Sí…, pero si el gato lo mata, ¿de quién es el muerto?

—Tienes razón —añadió mi padre—. Si ocurre lo que dices, te doy un real por la pérdida. —Sacó dos perras gordas y una chica de su bolsillo, y puso las monedas sobre el mostrador.

—De acuerdo —dijo el muchacho. Se acercó a la jaula y la abrió.

El palomo picoteó el aire de la puerta. Asomó lentamente la cabeza por el hueco sin alambres y giró el pico hacia arriba, hacia abajo, a un lado y otro.

Entonces, yo alcé el gato y lo sostuve en el aire, pero el palomo como que no se lo creía… Volví a elevarlo y supe que nos había visto, porque voló hacia el techo, dio una vuelta por la taberna, giró y descendió a mis brazos. Se subió sobre el gato y yo dejé que ascendieran a mis hombros.

Los hombres exclamaron:

—¡Oooh! ¡Aaah!

Y yo sentí tanta alegría que besé al palomo y al gato antes de meterlos en el saco. Mi padre dio las gracias al joven y le regaló el real.

Después, en la puerta, miré a mi padre y los dos nos abrazamos riendo. Fue un día más que feliz.

Traspuesta

Mi padre ya había entablado los artesonados. Sin duda, el trabajo cundía. Y se me ocurrió pensar que yo siempre había estado en el cortijo.

—Es que eras pequeño cuando vinimos —dijo mi madre.

—Sí, pero me acuerdo de Victoriano —respondí.

Recordé que Victoriano era mi amigo. Yo le llevaba recortes y chirlatas cada vez que mi padre espigaba la madera. Nosotros jugábamos formando escaleras, casas, carretillas y hasta torres. Victoriano era mi gran amigo. Jugábamos y charlábamos. Por eso, cuando nos fuimos le regalé mis bolas. Y, ahora, puede que esté tan solo como yo. Pero como mi padre dice que cuando volvamos al pueblo tengo que ir a la escuela, nada más llegar le voy a decir:

—Victoriano, tenemos que ir a la escuela.

—¿Y eso? —Seguro que me lo suelta.

—Eso, para aprender, porque en la escuela es donde se aprende de verdad —le tengo que decir, aunque fue Victoriano quien me enseñó a fijarme en las palabras. Un día, señaló a la *caga andando* y dijo:

—Se le ven las enaguas.

—¿Las enaguas? ¿Dónde aprendiste esa palabra? —le pregunté.

—En la calle —me respondió.

Y, desde entonces, yo estoy atento a las palabras. Aunque aquí, como no hay calle, es poco lo que oigo. Además, los campesinos son menos habladores. En el pueblo, la gente habla hasta gritando. Pero desde que llegamos he crecido. Lo sé, porque me subo al poyete de la ventana sin ayuda del escalón que me colocó mi padre.

—Esto es un escalón, para que te subas sin ayuda de mamá —fue lo que dijo.

Y puso una banqueta pequeña que había hecho. Ahora, pongo las manos y me subo a pulso. He crecido, pero mi madre está más gorda. El otro día vino a verla una señorita y le preguntó:

—¿Para cuándo, Rosario?

—Señorita, si las cuentas no fallan…

No me enteré de lo que hablaban, porque bajaron la voz y yo, ni papas… Aunque recuerdo que mi madre dijo:

—Quizá se estropeó por los sufrimientos de la guerra.

Y la señorita añadió:

—Pues habrá que cuidarse, Rosario.

Eso lo oí claramente. Lo cierto es que mis padres están contentos. Aunque mi madre se queda mirando por la ventana sin que nadie pase o se asome. Está como traspuesta. Eso fue lo que me dijo un día en el que me vi con un caballo como el del señorito. Lo monté de un salto y salí corriendo por medio del llano. El caballo me llevaba a donde yo quería, sin tirarle de la brida, porque el animal conoce la mano que lo lleva y yo lo conducía con tino. Subimos olivar arriba, hasta el albero, y dimos una vuelta, al trote; después, camino del llano, donde los olivos crecen más fuertes y frondosos, aceleró el paso. Pero cuando más a gusto me encontraba sobre mi alazán tostado, oí una voz que decía:

—¡Niñooo! ¿Estás traspuesto?

«Traspuesto». Esa palabra me encanta. Cuando vea a mi madre mirando por la ventana, sin ver a nadie, me voy a acercar despacio y le voy a decir:

—Mamá, ¿estás traspuesta?

Y seguro que se va a reír.

El secreto

Ya me he enterado.
Mi padre me cogió de la mano y dijo:
—Ven, que vamos a dar una vuelta.
Era la tarde del sábado y los albañiles se habían marchado.
Todos los sábados hacían lo mismo. Dicen que tienen que
ver a las parientas y mudarse de ropa. Vuelven los lunes y no
falta nadie. Así que, caminando junto a mi padre, recordé la
conversación que tuvieron hacía días:

—*No falta nadie, porque escasea el trabajo* —*dijo uno.*

—*Bueno, haber trabajo, no lo hay* —*corrigió el Patillas*—, *aun-*
que debería haberlo, pero lo que pasa, digo yo, es que no hay dinero.

—*¿Cómo lo sabes?* —*preguntó el oficial.*

—*Está claro.*

—*¿Qué?*

—*Que tras la guerra, España ha quedado como este cortijo,*
así que para recomponer el país tiene que haber trabajo a punta
pala, pero lo que no hay, vamos, digo yo, es dinero. Menos mal que
el señorito ha dicho que cuando acabemos aquí tenemos que ir a
Antequera a construir una fundación o algo así. ¿No es verdad,
Maestro?

El Maestro Casas movió la cabeza, como si dijera «sí», pero
no abrió la boca. Y es que hablar, hablaba poco…

A mi padre, el señorito no le ha dicho nada de ir a
Antequera, pero no importa, porque nosotros tenemos que
volver a Palenciana, pues yo debo ir a la escuela.

Así que anduvimos cogidos de la mano. Me gusta que mi padre me coja de la mano. No sé, pero no es lo mismo cogerse de otra persona. Y de pronto, se detuvo, me miró y me preguntó:

—¿Sabes por qué mamá está más gorda?

—No, pero come más que antes. ¿Es por eso?

Mi padre se echó a reír.

—Puñetero, que te fijas en todo, pero no es por eso.

—¡Ah! —dije, y esperé.

Es bueno esperar cuando uno no sabe de qué se está hablando. Esperar y preguntar, que fue lo que me dijo el señorito.

—Vamos a ver, ¿conoces el alfabeto?

Me soltó. «Y yo me quedé helado…», eso dijo el maestro Casas cuando le comunicaron que había muerto el padre del Patillas: «¡Muchacho, me he quedado helado!». Y no habló más.

Yo me quedé sin saber qué decirle. «¿Conoces el alfabeto?». ¿De qué estaba hablando?

—¿Conoces las letras? —volvió a preguntar.

—*El señorito sabe de letras y hasta publica* —dijo un día Jerónimo.

—*¿El señorito?* —preguntó uno, que había entrado buscando una chapa.

—*Sí.* —*Jerónimo bajó la voz, diciendo*—: *Dicen que es poeta y que ha escrito un libro que se llama algo del… retorno.*

Y me miró e hizo un guiño, como de cómplice. Así que recordé lo que había dicho Jerónimo y pregunté al señorito:

—*¿Lo de las letras tiene que ver con lo de ser poeta?*

Él abrió los ojos con exageración y me preguntó:

—¿Qué dices?

—Que el herrero me contó que usted es poeta.

Él se echó a reír y se le pusieron ojos de picaroncete. Eso, al menos, es lo que un día dijo mi padre: «Cuando el señorito te mira y sonríe, pone cara de picaroncete». Pero yo eso no se lo dije, aunque lo recordé cuando vi sus ojos. Y, entonces, él me miró y dijo:

—O sea, que no sabes leer.

—Leer, leer, no, pero escribir mi nombre, el de mis padres y alguno más, me lo ha enseñado mi madre. Ella dice que todo hombre debe saber cuentas, leer y escribir. Y mi padre siempre dice que cuando vayamos al pueblo me va a apuntar en la escuela, porque un hombre sin las cuatro reglas es menos hombre.

—Pues no perdamos más tiempo —dijo el señorito.

Y a mí eso no me gustó. ¿Qué estaba diciendo? ¿Quería mandarme a la escuela? ¿Y mis padres? El señorito manda mucho, pero separarme de mis padres... ni que lo sueñe.

—A partir de la próxima semana, vendrá un maestro a darte clases, y tú le preguntarás todo lo que se te ocurra, que preguntando se llega a Roma.

—¿Vendrá aquí?, ¿a la Casería?

—Sí.

—¿Y me hablará del alfabeto?

—Sí.

—Pues me parece muy bien.

—¿Quién te ha enseñado a hablar?

Yo nunca había pensado en eso. Así que, recordando a Victoriano, dije:

—La calle, bueno, la calle y todos, porque aquí no hay calle. Por ejemplo, usted acaba de decir «alfabeto».

—*¿Nunca habías oído esa palabra?*

—*Que recuerde, no.*

—*Pues me alegra haberte enseñado algo.*

—*Y usted también me regaló mi palomo y mi gato, que no se me olvida.*

—*Pues también me alegra.*

—*Y le doy las gracias, porque nunca le había visto así, tan cerca.*

—*Y entonces ¿cómo me has visto?*

—*Pues de lejos.*

—*¿Y por qué no te has acercado?*

Es que mi madre dice: «Niño, no salgas, que ahí está el señorito», y no salgo.

—*Pues cuando me veas, dile a tu madre que si ella da su permiso, puedes a salir a saludarme.*

Me gusta recordar ese encuentro. Pero hacía rato que caminaba en silencio con mi padre, por lo que le pregunté:

—Entonces, ¿me vas a decir por qué mamá está más gorda?

—Es muy sencillo, porque dentro de su barriguita lleva a tu hermanito.

—¿Cómo la coneja?

—Algo así.

—¿Y eso es bueno?

—Será el mejor regalo que Dios nos ha hecho.

—Pues «que Dios se lo pague a Dios», dice mamá.

—Sí, a mamá le gusta dar gracias así. ¿A ti también?

—Sí, a mí también. El otro día se las di, porque el señorito me dijo que iba a venir un maestro, para enseñarme.

—Sí, seguro que viene.

—Entonces, si tú estás contento y mamá está contenta, ¿por qué la señorita le dijo a mamá que tenía que cuidarse?

Me miró extrañado. Se repuso y añadió:

—Seguramente, porque cuando las mamás están esperando un hijo tienen que cuidarse, ya que el niño es muy pequeño, va creciendo dentro de ellas y ellas tienen que alimentarlo. Por eso, comen más y no deben cargar cosas pesadas, ya que pueden aplastar al niño o a la niña, que eso no se sabe. Así que tú y yo debemos ayudar a mamá.

—¡Ah! —dije.

Y, entonces, mi padre me dio un abrazo. Un abrazo distinto, como de persona mayor a persona mayor, como si entre él y yo hubiese un secreto.

—Ahora —dijo—, cuando volvamos a casa, besas a mamá y le das las gracias por tu hermanito.

—¿Cuándo nacerá?

—Puede que para finales de marzo, que de eso las que saben son las mujeres.

—¡Ah!

El maestro

El sábado por la tarde llegó el maestro. Se presentó en bicicleta, diciendo:

—El señorito me ha encargado que venga y me ha dicho que dé clase a un pequeño.

Lo de «un pequeño» no me gustó. El señorito sabe mi nombre. Pero miré al maestro y me callé. El maestro no era tan mayor. Dijo que tenía diecinueve años y que por culpa de la guerra no había terminado la carrera, pero que había reanudado los estudios, pues iban a hacer un examen, ya que faltaban maestros. Y añadió:

—Así que solo vendré los sábados por la tarde.

—No está mal —comentó mi padre—, ya que estaremos sin personal y sin ruidos.

—Pues no se hable más. ¿Dónde doy la clase?

En eso no habíamos pensado, así que entramos en la habitación, que era nuestra casa, y, por primera vez, sentí un malestar distinto: allí estaba el poyo de la cocina, con el escurreplatos, el dornillo y su mazo de olivo; la cómoda y la cama de matrimonio; la mesa con las tres sillas y la alacena. Y el maestro de pie, mirándolo todo, como pasmado. Y yo me sentí mal, pero mi madre, que nunca se descompone, sonrió y dijo:

—Señor maestro, esto es todo cuanto tenemos, así que, si no le importa, aquí mismo puede iniciar la clase. —Cogió una silla, la separó de la mesa y, con un gesto amable, lo invitó a sentarse.

El maestro se puso colorado, como si le hubieran sorprendido mirando algo que no debía, y dijo:

—Gracias, señora. Me llamo Braulio. —Y se sentó en la silla.

Mi madre puso dos cojines en la mía. El maestro estiró los brazos, como si se preparase para un gran esfuerzo, y dijo:

—Vamos a ver qué sabes. Te voy a hacer unas preguntas, pues me ha dicho el señorito que no conoces el alfabeto, ¿es cierto?

—Sí —dije.

—¿Y qué crees tú que será el alfabeto?

—Pues, si no lo conozco, ¿cómo quiere que se lo diga?

—De acuerdo. El alfabeto o abecedario se compone de las letras que forman las palabras. Y se llama así, porque cada letra tiene un nombre. Nuestra lengua procede del latín y las primeras letras del alfabeto latino son: a, be, ce, de. Por eso, lo llamamos «a-be-ce-dario».

—Ah —dije—. El a-be-ce-dario no lo conozco, pero algunas letras sí, porque mi madre me ha enseñado a escribir mi nombre, el de ella, el de mi padre y alguno más…

—¿Cuántas conoces?

—La «a» la conozco; la «be» no, pero la «ce» sí, porque es la del nombre de mi tita Carmen, y mi madre dice que la letra con cara de luna menguante es la ce. Esto es lo que yo sé de las letras.

—Pues algo es algo. ¿Cuántos años tienes?

—Estoy casi en los cuatro.

—No está mal para tan pocos años.

«"Un pequeño", "pocos años"… Este maestro, a lo mejor, no me gusta», me dije, pero le pregunté:

—¿Y por qué se llama alfabeto?

El maestro sonrió, me miró y dijo:

—Lo que más me gusta de la enseñanza son las preguntas de los alumnos. Señal de que les interesa y están atentos. Me alegra tu pregunta. Fíjate: a-be-ce-dario se formula con las primeras letras latinas y al-fa-be-to con las primeras letras griegas. Pero vayamos paso a paso, que el que mucho abarca, poco aprieta.

El maestro sonrió y yo también.

—¿Me dan una libreta?

Mi padre y mi madre se miraron, y mi madre dijo:

—Perdone, don Braulio, libreta no tenemos. Si le vale, aquí tengo papel de estraza. El próximo sábado, seguro que la tendrá.

—Bueno —dijo mientras cogía el papel verde que le alargaba mi madre—. Por esta cara te voy a poner algunas letras. Y durante la semana vas a hacer tres cosas. Primera: lee despacio cada letra, que te ayude tu madre, y procura aprendértelas de memoria. Segunda: con los ojos cerrados, intenta escribirlas. Y, por último, las dibujas en la libreta que te compren, sin mirarlas. ¿Entendiste?

—Sí.

—¿Qué te dije?

—Que me aprenda las letras que usted va a escribir y que las dibuje sin fijarme en las que usted ha puesto.

—¡Muy bien! Comencemos por las más sencillas: las vocales.

Abrió la carpeta de cuero que llevaba y buscó en el fondo. Sacó un lápiz y fue escribiendo las vocales.

—Ahora —añadió—, vamos a escoger unas cuantas consonantes —y mientras las dibujaba, iba diciendo—: «b» de bien, «d», que es muy importante y que conoces porque por ella comienza el nombre de tu padre, «l» de Lorenzo, «m» de mamá, «n» de niño, «p» de Pedro, «r» de Rosario, «s» de sabio y «t» de Teresa. Por hoy, nada más. Ya tienes tarea.

Cuando el maestro iba a marcharse, dijo mi padre:

—Don Braulio, ¿le importa que le acompañe y me indica la libreta que debo comprar?

—De acuerdo. —Y partieron en las bicicletas.

Cuando se perdieron de vista, dijo mi madre:

—¿Qué te parece?

—No sé… Si aprendo, será bueno.

—Eso es lo que importa. Trae el papel, que vamos a repasar la tarea.

—¿Repasar?

—Sí, pasar más de una vez por el mismo sitio. Leer más de una vez las letras.

—¿Sabes una cosa?

—¿Qué?

—Que cuando nazca mi hermanito, le voy a enseñar el abecedario y a leer y a repasar todo lo que yo sepa. Voy a ser su mejor maestro. Ya verás.

Mi madre me puso la mano en los hombros, me besó y dijo:

—Yo leo una letra, te fijas en ella y, después, la repites.

Y eso hicimos. Repasamos tres veces todas las letras y a la cuarta vez dije:

—Ahora al revés: yo primero y tú después.

—¿Y si te atrancas?

—Pues… te esperas.

—De acuerdo. —Y me sonrió.

Cuando mi padre volvió, puso encima de la mesa, con cara de triunfo, dos libretas, dos lápices, un sacapuntas y una goma de borrar. Una riqueza.

—¿Puedo coger las libretas? —pregunté.

—¡Claro!

Las dos tenían pastas marrones y hojas blanquecinas. Una, con rayas rectas en cada página, la otra, con rayas formando cuadraditos.

—Esa —dijo mi padre— es para los números.

Yo nunca había tenido una libreta en las manos, así que las acaricié y, entonces, vi que mi padre se sacaba del pecho una más gruesa.

—¿Y esa?

—Esta es para mí. El señorito quiere que, más adelante, le haga algunos muebles. Se los voy a dibujar para que él los vea.

Miré a mi padre, sonreí y le di un abrazo.

—Me alegro de que te gusten —dijo.

Cogió su libreta y un lápiz, al tiempo que decía:

—Este que tiene la mina más dura es para la madera.

Y se marchó al cobertizo, donde tenía la carpintería, pues las puertas y ventanas no debían quedar a la intemperie cuando se estaban haciendo.

Aquella noche, tras la cena, como cada sábado, rezamos el rosario. «El Santo Rosario», decía mi madre. Pero en el cortijo estábamos: Juanillo con las bestias, aunque a lo mejor todavía no había vuelto, pues los sábados regresaba tarde; el encargado con Frasquita, su mujer, y nosotros. El Rosario me daba sueño, así que le dije a mi madre:

—Mamá, hasta ahora éramos tres, pero ya somos cuatro, porque el niño está creciendo, ¿no?

—Sí, hijo, por eso le damos gracias a Dios rezando el Santo Rosario.

—Mamá, ¿y no crees que el Rosario es muy pesado?

Mi madre me miró, sonrió y dijo:

—Sí, es pesado, pero yo pienso que a la Virgen le gusta.

—¡Ah! —Y me puse a rezar hasta que me pudo el sueño.

Y, entonces, me sucedió algo que no me había pasado nunca: soñé que repetía las letras que había escrito el maestro tan bien, tan bien, que no me equivocaba ni una vez. Fue un sueño estupendo, tanto, que cuando lo recuerdo, me vuelve la alegría.

El viaje

Había ido en busca de mi padre para desayunar, cuando un albañil pasó diciendo:

—¡Las preñadas tienen antojos!

—Papá —pregunté—, antojos ¿qué son?

—¿Antojos? Antojos son deseos que se tienen.

—Ah, ¿y mamá tiene antojos?

—Hasta ahora no.

Pero lo cierto fue que, tras el desayuno, mi madre dijo:

—Diego, ¿por qué no pides el carro y vamos al pueblo este fin de semana?

—¿A Palenciana, en diciembre?

—En la feria no fuimos y le debo una visita a la Virgen del Carmen.

Mi padre se quedó como pensando, la miró, sonrió y dijo:

—Desde luego. Si vamos, debe ser antes de que se estropee el tiempo.

—Las cabañuelas anuncian días sequerones —afirmó ella—. ¿Tú no trabajas por tu cuenta? Pues salimos el viernes, el sábado cumplo mi promesa y nos volvemos.

—Hablaré con el encargado.

Lo que acababa de oír me parecía una maravilla. Volver al pueblo, después de tanto tiempo, debía ser más que mejor, ya que volvería a encontrarme con Victoriano.

Al mediodía, llegó mi padre diciendo:

—Niña, cuando puedas, lo preparas todo, mañana salimos.

Yo no sabía que un viaje proporcionara tanta alegría, así que me puse a dar saltos, hasta que mi madre exclamó:

—¡Párate y guarda las fuerzas, que el viaje es largo!

—¿Largo? ¿Cuánto?

—Pues unas seis horas.

Aquella noche, decía mi madre, dormí con una sonrisa en los labios. Yo no la vi, pero seguro que fue así.

A la mañana siguiente, nos levantamos temprano, desayunamos y mi madre preguntó:

—¿Llevaste las cosas al carro?

—Sí —respondió mi padre.

Y ella repartió lo que quedaba: un cojín, que me dio; dos mantas y un canasto, que debía pesar lo suyo, y que entregó a mi padre; y la cesta de la comida, que cogió ella.

—Vamos —dijo, y antes de cerrar la puerta, se quedó mirando la vivienda como si se despidiera.

Mi padre, por si hicieran falta, había puesto en el carro su maleta con algunas herramientas. Él no concebía llevarlas en una espuerta, no, las herramientas son algo muy digno y, por eso, les había hecho una maleta de madera.

El primer trecho lo hicimos a pie, porque a mi madre le convenía andar, hasta que mi padre detuvo la mula y dijo:

—¿Te subes?

—Sí —respondió.

Y él abrió la trasera del carro, tomó una pequeña escalera de tres peldaños y nos ayudó a subir. Subimos y encontré medio saco de patatas amarrado a los barrotes del cajón, un botijo, dos sillas y tres capotes, por si llovía. Mi madre preguntó:

—¿No me vendría bien separar las sillas y sentarme entre ellas sobre las mantas? Así, podré estirar las piernas.

—De acuerdo.

Y mi padre, tras ver que todo estaba bien amarrado, separó las sillas y colocó las mantas en el hueco donde se sentó mi madre. Mi padre gritó entonces con voz potente.

—Arreee…

Y reanudamos la marcha.

Llevábamos un rato en silencio, cuando dije:

—Mamá, si fuésemos por el mar, ¿en qué iríamos?

—¿Quién te ha hablado del mar?

—Jerónimo. Dice que mirar el mar es estupendo y que por él navegan los barcos.

—Pues, entonces, si la tierra fuese el mar, iríamos en un barco.

—No vale, te lo he dicho.

—De acuerdo. Pero como estamos en tierra, ¿en qué vamos?

—En un carro.

—¿Sobre qué parte?

—La solera.

—¿Quién nos lleva?

—Una mula.

—¿Por qué avanza?

—Porque tiene ruedas.

—¿A dónde van cogidas?

—Al eje.

—¿Y qué tienen las ruedas?

—Radios y llantas.

—¡Caramba, si sabes tanto como yo!

—No, es que Juanillo me lo ha explicado.

—Pues va a resultar que tienes dos maestros.

—Dos no, tengo más: papá y tú también sois mis maestros. Y el herrero. Y hasta el señorito, a veces. Y todos, porque de todos se puede aprender.

Mi madre me miró, sonrió y dijo:

—¿Tú sabes cuál es el principal maestro de las personas?

—No.

—La vida, hijo, la vida. Ella es tan importante que quien sabe vivirla cada día, aprende.

Escuché los pasos de la mula y pregunté:

—¿De los animales también es su maestra?

—De los animales, también.

—¡Ah!

—¡Vamos camino del realengo! —gritó mi padre.

Él seguía andando, mi madre sobre las mantas y yo me puse en pie para contemplar el campo y el camino. Ascendíamos un repecho y el animal aflojó el paso. Entonces, mi padre dijo:

—Agárrate, que vamos a coronar la cuesta.

Y, tras la cuesta, se abrió el horizonte. Allí estaba el olivar más grande que yo había visto. ¿Sería un mar de olivos? Se alargaban y alargaban hasta perderse, hasta alcanzar el cielo. Me entró un gozo tan grande que, cuando me repuse, dije:

—Mamá, me gustaría pintar el olivar.

—¿Cómo lo harás?

—No sé, pero…, quizá podría comenzar por los que están más lejos, por los que parecen manchas que se le caen al cielo. —Alcé el brazo y añadí—: A continuación, por los que se van acercando. Mamá, si te fijas, mira cómo se aclaran y ponen en fila. Y cómo aceleran el paso, hasta que se echan a correr, nos alcanzan y dicen: «¡adiós, adiós!». —Y me quedé con la mano en el aire diciendo «¡adióóós!».

—¡Ah…! —exclamó mi madre con cara de sorpresa.

—Mamá, ¿por qué tienen las hojas verdiblancas?

—¡Para defenderse! —gritó mi padre, que había estado escuchando.

—¿Defenderse?

—Sí, del frío en invierno y del calor en verano. La naturaleza es sabia.

«La naturaleza es sabia», había dicho mi padre, y como esa frase nunca la había oído, fui a sentarme al lado de mi madre.

—Me gusta el campo —le dije.

—A mí también, porque la tierra es como una madre —me contestó.

—¿Como una madre?

—Sí, nos alimenta y es nuestro paraíso.

—Pero la tierra no es nuestra, es de los señoritos.

—La tierra es de todos, porque a todos sostiene. Sobre ella vivimos y ella produce lo que necesitamos. Ella, como la vida, siempre enseña.

—¿Y qué nos enseña?

—Si te fijas, descubrirás la luz y la oscuridad, el agradecimiento y la belleza.

—¿El agradecimiento?

—Sí. ¿No has visto arar la tierra y sembrar el grano? Se siembran unos pocos y ella, agradecida, da muchísimos más.

—Entonces, ¿por qué no es de todos?

—Porque los hombres estropeamos los planes de Dios.

—¿Cuándo?

—Pues cuando no compartimos y nos peleamos. Fíjate: para no pelearse, los hombres inventaron el dinero y ahora, se pelean por el dinero. Por eso, no se respetan los planes de Dios.

—¿Y Dios lo consiente?

—Tiene que dolerle, pero ha querido darnos lo más grande.

—¿Lo más grande? ¿Qué es?

—¿Qué crees tú que será?

Nadie me había hablado de lo más grande que el hombre tenía, así que dije:

—No lo sé.

—El don más grande que las personas tenemos es la libertad. La vida sin libertad sería otra. Pero, porque somos libres, podemos amar y perdonar. Sacar adelante una familia y trabajar. Estudiar y ayudar a los que no saben o no tienen. Todas las cosas grandes las podemos hacer porque somos libres. Nuestra libertad, hasta Dios la respeta.

—Y los que no tienen dinero ¿también son libres?

—Claro, el dinero se consigue con el trabajo.

—¿Y si el hombre no puede trabajar?

—¿Por qué no puede?

—Porque ya sea muy mayor o se caiga, como el albañil, o se ponga enfermo.

—Entonces, hay que ayudarle. Todos debemos ayudarlo. Los pueblos, los primeros. Los pueblos deberían procurar que nadie pase hambre y que todos puedan trabajar. Por eso, trabaja papá.

—¡Ah! —dije.

Y me quedé oyendo el traqueteo del carro que parecía repetir: «ayudarle, ayudarle, ayudarle…». Mi padre se había sentado en el varal y mi madre seguro que estaría pensando en mi hermanito. Yo me levanté y miré hacia los olivos, tan iguales y distintos, y, entonces, me puse a repetir:

—El don más grande que las personas tienen, el don más grande que las personas…

A pesar de que estábamos en diciembre, el sol picaba y en el realengo nos detuvimos. Me bajé del carro y noté, que bajo mis pies, el suelo se movía.

—No te preocupes, que se pasa pronto —dijo mi madre.

Mi padre, con la escalerilla y la maleta improvisó una mesa sin patas. Bajó las sillas, tomó el pan y, cuando iba a cortarlo, exclamó:

—¡Se me olvidaba!

Se metió la mano en la chaqueta y sacó una lata de sardinas.

—¿Y eso?

—¡Sorpresa!

—Pues ábrela —le dijo mi madre.

Ella, sentada en una silla, abrió la cesta y puso la fiambrera y la fuente de metal sobre la maleta. Las destapó y aparecieró una tortilla de patatas y, en la fuente, una cebolla, varios dientes de ajo, aceitunas partidas, una ensalada y tres tomates rojos, que daba gloria verlos. A mí, los tomates con sal me encantan. A mi padre, también. Mi madre, peló y cortó los ajos y la cebolla, arrancó las hojas de la ensalada, que partió en pequeños trozos e hizo lo mismo con los tomates. Después, desmenuzó las sardinas sobre la ensalada y la aliñó, al tiempo que decía:

—Con la sal prudente, tacaña en vinagre y generosa en aceite. —Y rezó—: Demos gracias a Dios por esta comida, que nos da la tierra y el trabajo de papá.

—Amén —dijimos los tres.

Daba gloria ver aquella mesa. Comimos estupendamente. Las tortillas de patatas de mi madre son únicas. Después, mi padre nos invitó a reposar la comida,

—Porque no conviene llegar a la hora tonta de la siesta —dijo.

Yo cogí mi cojín y fui a sentarme junto a un olivo.

—¡Hola!, ¿quieres ser mi olivo? —le pregunté, y apoyé la cabeza en su tronco.

Pero descubrí que la corteza arañaba y me acordé de su madera: blanca, dura y pesada. Tan dura, que mi padre tiene que afilar la herramienta más que con las otras maderas.

«¿Por qué?», le pregunté, un día. «Porque si no se embotan», me contestó.

Entonces, me puse a mirar la multitud de caminos que trazan los olivos, hasta que me levanté, cogí un puñado de tierra y la apreté entre las manos. Era una tierra que se hacía como miga de pan. La amasé y di gracias por su generosidad... Hasta que, al rato, mi padre gritó:

—¡Al carro!

Y nos pusimos en marcha.

Llevaríamos como media hora, cuando sobre una loma apareció un terreno grisáceo, con piedras y sin olivos.

—¿Por qué no tiene olivos? —pregunté.

—Porque es una herriza —dijo mi padre—. A los olivos solo los detiene la piedra y el agua.

—¿El agua?

—Sí, los ríos.

—Ah.

Y, de pronto, allá lejos, recostada como un animal, blanca y suya, Palenciana. El pueblo de mis padres.

Llegamos. Nos bajamos del carro y nos dirigimos a calle del Agua, donde vivían mis abuelos, Ramón y Rosario. Por el camino, las mujeres se acercaban repitiendo:

—¡Ay, Jesús, Rosarito! ¿De cuánto estás?

Y mi madre, sonriendo, repetía:

—De unos seis meses.

A lo que mi padre dejaba caer:

—¡Ni que fuera la feria, niño!

Los abuelos no nos esperaban, pero, al vernos, ¡ay, cómo nos abrazaron! Tras descargar el carro, mi padre me pidió que lo acompañase.

Cogió las bridas, tiró de la bestia y nos encaminamos hacia las Eras Altas. La gente salía a las puertas. Y nosotros, delante del carro, como dos personajes en busca de la tahona de mi tío Reverte, mi padrino, quien, al vernos, abrió los brazos. Y cuando yo lo vi abrazado a mi padre, me emocioné. A lo mejor, un día yo abrazo así a mi hermanito.

Mi chacha Dolores, nada más verme, exclamó:

—¡Ay, Señor, cómo has crecido!

Y mi tío dijo:

—Diego, desengancha la mula y la llevamos a la cuadra, que el animal vendrá frito. El carro se puede quedar en la calle.

Yo estaba tan cansado que mi madrina, tras llevarme al patio, para orinar y lavarme las manos, me preparó un gran tazón de leche migado con una torta buenísima. Tan buena, que a medida que comía, se me alegraba el cuerpo. Después, era de noche, me subió a la cámara, me dijo dónde estaba mi escupidera y me acostó. Mi chacha Dolores es entrañable.

La misa

Aquella noche dormí de un tirón, pero, al amanecer, me despertó el llanto de una niña.

«Como mi madre tenga una niña y llore así, no me va a dejar dormir», pensé.

Bajé de la cámara y mi padre estaba esperándome.

—Niño, vamos a la misa de Alba, ¿vienes?

—No corras, Diego, que no ha dado el primero —dijo su hermano.

Y, aunque mi padre siempre tenía prisa, esperó. Mi chacha me llevó al patio, me lavó la cara, el cuello y las orejas. Las manos me las lavé yo. Después, me puso el tazón lleno de leche y un mollete con aceite. El mollete lo había metido un instante en el horno y se había puesto doradito. Y en esto, entró una abuela portando media caña con una serie de muescas.

—¿Se lo apunto? —preguntó mi tío.

—Sí, Antonio. Cuando el hijo venga, se pagará.

Y le entregó la media caña. Era como si hubiesen abierto un trozo de caña, de arriba abajo, en dos partes iguales. Mi tío miró la que le habían dado y se puso a silbar. Se agachó y buscó entre las medias cañas que había amontonadas en un rincón, cogió una y la emparejó con la de la abuela: coincidían en el tamaño, muescas y distancia de los nudos.

—Esta es la suya, Carmen —dijo, uniendo las dos mitades, a las que añadió una nueva muesca.

Devolvió la que había cogido a su sitio y entregó a la abuela un pan con su media caña. Ella le dio las gracias y se marchó.

—Chacho, ¿qué has hecho? —pregunté.

—Niño, como no sabe leer, le he entregado un recibo de lo que debe y me he quedado con el resguardo, para que ni ella me engañe a mí, ni yo a ella.

—¡Ah!

Después, mi padre me cogió de la mano y salimos para la iglesia.

—Cuando acabe la misa ¿puedo ver a Victoriano?

—Se han marchado a un cortijo.

—¿A dónde?

—A La Roda.

—¡Ah!

Y el viaje comenzó a parecerme otro.

En la plaza, las personas, en fila, entraban en la iglesia cantando.

—¿Qué hacen?

—El Rosario de la Aurora.

La iglesia me deslumbró. ¡Qué grande! Y recordé que nuestra casa era una habitación. Aquí, hasta podría correr, pero ¡había tanta gente! Así que me acerqué despacito a mi madre. Me abrazó y preguntó:

—¿Dormiste bien?

—De un tirón.

—¿Desayunaste?

—Un mollete de pan y aceite.

—¿Te gustó?

—Mucho, pero menos que las sopaipas.

Me dio un beso y se puso de pie, porque el cura apareció en el altar.

Yo, de lo que decía el cura, no entendí nada. Algunos respondían: «*cum spiritu tuo*». Y lo repetían cada vez que el cura se volvía con los brazos abiertos. Después, las personas se arrodillaban y levantaban a una. Mi madre, que se había puesto cerca de la Virgen del Carmen, la miraba con atención, como si hablara con ella. El cura, una de las veces que se volvió, abrió los brazos y, antes de darse la vuelta, me vio junto a mis padres y, al tiempo que decía algo, me pareció que sonreía. Mi madre me miró y también sonrió. Después, algunas personas, en fila, se acercaron a donde estaba el cura y se arrodillaron.

—Van a comulgar —dijo mi madre muy bajito.

Cuando terminó la misa, mis padres pasaron a la sacristía y yo fui con ellos.

—Señor cura, ¿da su permiso? —preguntó mi padre.

—¡Adelante!

—Si usted quisiera aceptar esta limosna y pedir en una misa por nosotros, se lo agradecería.

«Señor cura», yo eso nunca lo había oído. Mi padre me pareció muy respetuoso. A don José se le dice «señorito», pero «señor» suena distinto. Así que miré al señor cura y él, antes de hablar, me observó y volvió a sonreír.

—Usted debe ser el hermano de Reverte.

—Sí —dijo mi padre.

—Y están en un cortijo trabajando.

—Así es.

—Y ¿cómo les va?

—Pues ya ve usted.

—Me dijo don Juan, mi antecesor, que usted es carpintero.

—Sí. Hice las puertas de la iglesia, el cancel y parte de algunos retablos.

—Pues tenía ganas de conocerlo. ¿Están de visita o es que han vuelto?

—Estamos de visita. Mi señora tenía una promesa y hemos venido a cumplirla.

—¿Y hasta cuándo?

—Si Dios quiere, hoy nos volvemos.

—Pues para cuando regresen, aquí le esperan unas chapuzas.

—Cuente conmigo.

—Por supuesto que aplicaré una misa por su intención, señora. Verá cómo todo va bien.

Mi madre sonrió. El señor cura se volvió hacia mí y me preguntó:

—¿Es la primera vez que asistes a misa?

—Sí.

—¿Y qué te ha parecido la liturgia?

—¿La qué?

—Lo que hemos hecho juntos.

—Pues me ha recordado al olivar.

—¿Y eso?

—No sé, pero me ha recordado a los olivos: todos en fila y sin empujarse.

Y el señor cura exclamó:

—¡Aprended de las flores del campo! dijo el Señor.

A mi madre se le saltaron las lágrimas, miró al señor cura y dijo:

—Gracias.

—Espere. —Abrió un cajón, sacó una estampa y se la entregó.

—Gracias de nuevo —repitió ella.

—Es de san Ramón Nonato, patrono de las parturientas.

Al salir de la iglesia, me fijé en las enormes puertas que había hecho mi padre.

—¿Cómo las moviste?

Me miró, me guiñó y dijo:

—Con la ayuda de mi hermano.

Yo me eché a reír. Mi madre, que hablaba con Feliciana, me oyó y sonrió.

Cuando emprendimos la vuelta y llegamos al cortijo, estaba contento, y es que había palpado el cariño de mis abuelos y padrinos, lo que me pareció un regalo. También descubrí dos cosas. Una: que cuando el vientecillo movía las ramas de los olivos, la luz bailaba en el blanco de sus hojas, como si el árbol entero siguiera el son de aquel aire. ¡Qué maravilla! Me agaché y vi los brazos de los olivos meciéndose al son de la luz. Y la otra cosa que descubrí fue que el camino me resultó más corto.

—¿Por qué? —pregunté a mi padre.

—Porque a la mula la empujaba su querencia, hijo.

—Su querencia…

«Es bueno tener querencias», pensé.

Ulises

Habían transcurrido unos días y era miércoles. Cuando desperté, supe que mi madre estaba haciendo sopaipas: el olor de la masa frita avisa. Y las sopaipas están riquísimas mojadas en el café con leche. Bueno, café, café no, porque es muy caro. Mi madre mezcla un puñadito de cebada tostada con otro de café y los pone en el molinillo. Y yo, después de lavarme, le doy vueltas a la manivela. Cuando los granos dejan de ofrecer resistencia, la manivela corre sin fatiga. Y mi madre siempre sonríe y dice:

—¡Paraaa! Ya está molido, saca el cajetín.

Y yo lo hago. Lástima que no haga sopaipas todos los días.

El maestro ha sido puntual y me ha escrito el abecedario completo. Ahora, me está enseñando cuentas, a juntar las letras y leerlas. Ya sé escribir palabras sencillas, como: mano, mono o mesa. Luna fue la primera. Y me dijo que con varias letras se pueden formar otras palabras. Por eso, un sábado escribí «luna» y me puse a pensar. El maestro me miró y dijo:

—¿Qué piensas?

—En lo que usted dijo: con estas letras y las vocales se pueden escribir otras palabras.

—¿Por ejemplo?

—Luna, lana, lona, nena y nene.

—No está mal.

Y me dijo que cuando dominase el abecedario podré escribir cientos de palabras. Y si me aprendo lo que significan, sabré expresarme. Y me contó que un rey griego…

—*¿Griego? ¿El del alfabeto?*

—*Sí, llegó con su barco a la isla de los cíclopes, poblada por unos gigantes que vivían en cuevas y tenían un solo ojo. El rey griego se llamaba Ulises. Desembarcó con sus hombres, un barril lleno de vino y un saco grande de comida. Y, al pisar tierra, descubrió la más grandiosa y hermosa de las cuevas. Entraron y vieron muchísimos alimentos. Y, tras coger los que más les gustaban, iban a marcharse cuando llegó, al frente de su rebaño, el dueño, Polifemo, que así se llamaba. Era altísimo. Quien, al ver a aquellos hombres tan pequeños en su cueva, se enfadó. Cerró la puerta con una enorme piedra y se comió al primero que se le puso por delante. Ulises, al momento, le ofreció el barril lleno de vino y el saco de comida. Polifemo le preguntó: «Cómo te llamas». Y Ulises dijo una palabra que el cíclope no conocía: «Nadie, me llamo Nadie». Y el gigante, en señal de agradecimiento, dijo: «A Nadie me lo comeré el último». Pero como se bebió el barril lleno de mosto de un tirón…*

—*¿De mosto?*

—*Sí, de vino. Entonces, le entró sueño, tanto, que se durmió. Momento que aprovechó Ulises para coger una estaca afilada y clavársela en el único ojo que tenía. El dolor lo despertó y se puso a dar gritos. Algunos de los suyos, que oyeron aquel griterío, se acercaron a la cueva, pero como estaba cerrada con la enorme piedra preguntaron desde fuera si se había hecho daño. Y él gritaba y gritaba: «¡Nadie me ha hecho daño!». Y, entonces, ellos pensaron que no le pasaba nada y se retiraron… Y Ulises salvó a sus hombres y a sí mismo.*

Lo escuché embobado. Me gusta el maestro. Y para que no se me olvide, he escrito los nombres de Ulises y Polifemo en mi cuaderno. Saber escribir me parece más que interesante. A lo mejor, va a ser como bañarse en el mar. Seguro que el maestro tiene que enseñarme muchas cosas.

Y cuando más distraído estaba con mis recuerdos, la voz de mi madre dijo:

—¡Vamos! ¡A desayunar!

Y nos sentamos a la mesa mi padre y yo. Yo, en la silla con mi cojín, pero mi madre siempre come después. Si le pregunto:

—Mamá, ¿no te sientas?

Ella responde:

—No, es mejor así.

Y es que ella disfruta viéndonos comer, porque hasta que no terminamos, no come.

La casa abandonada

Después del desayuno, mi padre se fue a la carpintería, porque no había nadie. Eso dijo:

—Niño, nos hemos quedado solos. No hay ni un alma con quien hablar, así que me voy a la carpintería.

—¿Y por qué se han marchado todos si no es sábado?

—Porque es vísperas de Navidad.

—Y nosotros, ¿por qué no nos hemos marchado?

—Nosotros tendríamos que haber cogido el carro y mamá no está para tanto tute.

Mi padre se marchó a la carpintería y yo salí en busca de mi palomo. A veces, pienso que me gustaría volar como un palomo. Sería magnífico ir volando hasta la costa y contemplar, como dijo Jerónimo, esa cantidad de agua, sin montes ni árboles, ni casas, ni caminos, que se llama mar. Tiene que ser una gozada. Será para bailar igual que los olivos. Pero mi palomo no estaba donde siempre, así que seguí buscándolo. Lo divisé. Corrí tras él y cuando me acercaba, alzó el vuelo y fue a detenerse en una higuera. A mí, las higueras me encantan, no es tan difícil subirse a ellas y coger brevas, que están muy dulces, ¡no digamos los higos! Pero nada más acercarme, arrancó a volar de nuevo y yo a seguirlo. Y él a volar, hasta que fue a posarse en el hueco de una ventana. Y sin saber cómo, me encontré ante una casa que nunca había visto. Debía estar abandonada, pues, por no tener, ni marcos en la puerta y ventanas tenía. Tan abandonada, que a

los pies de sus paredes crecían los jaramagos y las ortigas…
Cuando llegamos al cortijo, mi madre me dijo «ven». Ella
llevaba un almocafre y se puso a arrancar las matas y yerbajos
que había debajo de nuestra ventana. Terminó y entonces
me miró mientras decía: «Una casa llena de hierbas es señal
de que está abandonada, así que vamos a sembrar geranios
y margaritas, verás como te gustan».

Entré en la casa abandonada y allí estaba mi palomo.

—Hola —le dije—, me has hecho correr.

Pero él como si nada.

—Qué bien te la apañas, ¿eh?

Y, de pronto, voló hasta una alacena. Me acerqué despacio y observé que picoteaba unos papeles. Me empiné,
alargué la mano y saqué una libreta llena de picotazos y
un libro que chorreaba humedad. Me puse a agitarlos, y se
levantó una nube de polvo. Me salí fuera. Miré la libreta y
pensé que debía ser de un niño, pues había escrito: e, u, i, a, o.

«Seguro que es de un niño que estaba aprendiendo a
escribir», pensé.

Miré el libro y vi, medio borradas, una bandera, una es-
trella roja y una escopeta. Lo abrí y las hojas no se sostenían,
se despegaban sin más. Lo cerré, me dirigí al palomo, que
me observaba, y le dije:

—Me vuelvo a casa. Tú haz lo que quieras.

Y eché a correr. Pero antes de llegar al cortijo, me detuve
y abrí el libro. Le quedaban unas hojas que tuve que aguantar
para que no volaran. La primera frase decía: *Re pu*; después
vi medio borradas, la «b», la «l» y la «i», tres letras juntas que
el maestro todavía no me había enseñado a leer. Cerré el

libro y corrí de nuevo. Quería que mis padres vieran mi hallazgo, así que me dirigí a la carpintería.

—¿Qué haces?, —pregunté a mi padre.

—Que no se entere tu madre —dijo, sin levantar la cabeza—, le voy a hacer una cuna a tu hermanito.

—¡Ah!, ¿quieres ver lo que he encontrado?

Levantó la cabeza, me miró y yo le alargué el libro.

—¿Dónde lo has encontrado?

—En una casa abandonada. Corrí tras el palomo, él no quiso detenerse y me llevó hasta ella.

—¿Te vio alguien con este libro?

—¿Quién me iba a ver?, si no hay ni un alma en el cortijo.

—Bien. Te voy a contar algo: has oído hablar de la guerra. Pues mira: toda guerra, comience como comience, es una ruina y un fracaso, ya que con las armas es imposible arreglar lo que no se puede con el entendimiento y las palabras. Y lo más triste ha sido que en esta nos hemos peleado los españoles, unos contra otros, así que, en vez de ponernos de acuerdo, nos hemos enzarzado en la peor pelea que existe. Por eso, ahora, lo mejor es ayudar y perdonar.

Mi padre hablaba con frecuencia del perdón, porque para él todo el mundo era bueno. Me miró como si estuviera triste y añadió:

—Quien ha padecido una guerra o sale perdonando o no es persona.

Abrió el libro e intentó pasar las hojas, pero no se dejaban, lo cerró y continuó.

—Este libro es solo una cartilla para enseñar a leer y escribir, hasta te podría servir, pero estando como está es imposible, así que lo mejor será olvidarlo, no sea que alguien lo vea y se ponga triste, porque le recuerde la guerra.

—¿Y le puedo contar a mamá que me lo he encontrado?

—Me parece que no sería bueno, ya que si se entera, puede que se preocupe, porque has ido hasta la casa abandonada y tú sabes que ella es un tanto asustona.

—Sí, ella dice que lo que más susto le da son las masas.

—Es verdad.

—Y las masas ¿qué son?

—Pues… hombres y mujeres que alguien junta y dirige para que hagan algo, que, a lo mejor, no es bueno.

—¿Por ejemplo?

—Pues… quemar una casa.

—¡Ah!, ¿y por eso el cortijo estaba como estaba?

—No lo sé, pero podría ser.

—Y la libreta ¿me la puedo quedar?

—Enséñamela.

Y se la alargué. La abrió y vio las hojas, con grandes manchas de humedad, agujereadas por los picotazos del palomo.

—El papel es malo, tan malo, que ya no se puede escribir en él. Está peor que la cartilla, olvidémosla —me dijo.

Y mi padre me puso las manos en los hombros. Yo sentí entonces como si su fuerza estuviera diciéndome que estaba creciendo. Fue mejor que un abrazo.

Nochebuena

Aquella noche llegó Juanillo, como siempre, para dar vuelta a los animales. Él es responsable y nunca abandona sus deberes.

—A los animales hay que cuidarlos y alimentarlos hasta en Navidad —me dijo.

Pero como era Nochebuena, cenó con nosotros. Después de la cena, mi madre trajo un plato lleno de pestiños. Los había hecho ella. Y mi padre sacó de la alacena una botella de Anís del Mono, cuatro copitas y dijo:

—Una palomita alegra el cuerpo y ayuda a la digestión.

Destapó la botella y echó un chorrito de agua en cada copa. Después dijo, mirándome con aire de intriga:

—¡Y ahora vamos a ver la palomita!

Y dejó caer, lentamente, tres gotas de anís en mi copa. El agua tomó un aire blanquecino, precioso, me encantó.

Mi madre pidió que nos pasáramos el plato y todos cogimos un pestiño. ¡Qué pestiños! Juanillo, tras comerse el suyo, preguntó si podía coger otro. Y mi madre, al tiempo que sonreía, le puso el plato a su vera. Daba gusto ver aquella sonrisa. Así que se me ocurrió preguntar:

—Papá, ¿en qué escuela aprendiste a ser carpintero?

Me miró agradecido y dijo:

—Te lo voy a contar, porque los recuerdos sostienen nuestra patria personal:

Cuando yo era niño, Palenciana no tenía carpintero, así que la primera vez que vi uno, fue una tarde en Casa la Eduvigis. Tampoco teníamos médico ni farmacéutico. Cura, sí, don Antonio. Pues bien, en la tienda, Casa La Eduvigis, me encontré al cura y al carpintero. Al cura lo conocía; al carpintero, no. El carpintero había llegado de Cuevas de San Marcos y estaba ampliando el mostrador y las estanterías de la tienda. El cura, que solo llevaba unos meses en el pueblo, miraba al carpintero sin decir nada. Los dos en silencio. Uno, absorto en su trabajo; el otro, no perdiendo detalle. Al cabo de un rato, don Antonio exclamó: —¡Buen oficio el suyo! Y mi padre nos miró con una sonrisa. —¡Sí, buen oficio! —respondió el carpintero sin levantar la cabeza de la piedra. El cura y el carpintero debían sentirse a gusto, porque a mí ni me vieron. El carpintero afilaba un formón, lo pasaba una y otra vez sobre un trozo de piedra lisa y ennegrecida. De vez en cuando, cogía la alcuza y vertía unas gotas de aceite sobre la piedra; después, volvía al mismo movimiento. Sostenía el formón con la mano derecha, y, con el índice y corazón de la izquierda, lo apretaba contra la piedra. El continuo ir y venir del hierro debía estar arrancando minúsculas partículas de la piedra, pues el aceite se ennegrecía y convertía en una sustancia pastosa. El carpintero se agachó, recogió unas virutas del suelo y limpió el formón con ellas. Después, pasó muy lentamente la yema del pulgar sobre el filo.

—Todavía tiene rebaba —dijo mirando al cura. Y el cura, al mover la cabeza, descubrió que yo estaba allí.

—Hola, Diego —dijo.

Don Antonio era el único del pueblo que me llamaba así. Todos los demás me decían «Diaguito», como a mi abuelo.

—Buenas tardes, don Antonio —dije yo.

—¿Te atrae?

Yo me encogí de hombros. ¿Cómo iba a saberlo si era la primera vez que veía un carpintero?

—El oficio no es malo —añadió.

Y, alzando la voz, preguntó:

—Maestro, ¿qué está haciendo?

Y el carpintero, sin separar la vista del formón, respondió:

—Estoy dándole su ser a esta herramienta.

A don Antonio se le abrieron los ojos como si estuviera ante una maravilla. Cuando admiraba algo, se le abrían los ojos como a un niño, así que repitió varias veces:

—¡Dándole su ser! ¡Dándole su ser! ¡Qué grandioso es dar el ser a algo!

Don Antonio hablaba más alto de lo normal. ¿Estaría sordo el carpintero?

—De todos modos —prosiguió—, eso mismo es lo que Dios hace: dar su ser a la creación, a pesar de que se la estropeamos. ¡Con razón Jesús se hizo carpintero! Gracias por aclarármelo.

Mi padre, al pronunciar esta última frase, miró a Juanillo, que no pestañeaba. Respiró y tomó la copa. Todos dimos un pequeño sorbo a la palomita de anís.

—El maestro carpintero —continuó mi padre— miró el rostro de don Antonio, que mostraba la seriedad del que espera aprender y dijo:

—Señor cura, solo es carpintero quien domina y conserva en su ser las herramientas. Solo así nos obedecen. La buena herramienta es exigente. Ejecuta lo que se le pide, siempre que entre ella y el carpintero exista armonía. Al que no es carpintero no le duele la herramienta, la estropea y ella lo acusa. Por eso, los verdaderos

artesanos somos reacios a prestar nuestras herramientas. Los que lo ignoran, las maltratan y descomponen. Cuando se es carpintero, esto se sabe, pues la herramienta avisa si está cansada, si algo va mal, si necesita que se la ponga a punto o que se le ayude a recobrar su ser. Este formón ya se había quejado y lo estoy ayudando. Buena herramienta, es de la bellota.

Y el carpintero volvió a limpiar el formón y se lo alargó a don Antonio, como quien entrega algo sagrado.

—*Véalo usted mismo. Vea la pequeña bellota que lleva grabada.*

Don Antonio tomó el formón con las dos manos y, bajándolo hasta mi altura, añadió:

—*Míralo tú también.*

Efectivamente, allí estaba la diminuta bellota con su cúpula perfectamente grabada…

Mi padre se detuvo, miró de nuevo a Juanillo y dijo:

—Juanillo, a la herramienta le pasa como a los caballos, que si los monta alguien que no los conoce o los maltrata, los animales no cooperan y más de uno se ha llevado un susto.

Juanillo asintió.

Mi padre prosiguió con la respuesta de don Antonio:

—*Ahora lo veo más claro, pues si Jesús trabajó como carpintero es porque quería darnos una lección. Él, con su vida oculta, nos ha predicado el amor al trabajo y a la herramienta. Nos ha dicho que hemos de aprender a respetar y dar el ser a cuanto tocamos y utilizamos. Y que solo conservando este mundo, seremos hijos del Creador. Desde luego, en tiempos de Jesús las herramientas serían otras. Aunque he leído que en la Edad de Bronce ya había escoplos, formones y gubias. Por supuesto, muy diferentes. Y, también, que los romanos perfeccionaron la sierra primitiva. Pero lo que usted me ha dicho es interesantísimo. Gracias por su aclaración.*

—Yo —prosiguió mi padre— nunca había visto a don Antonio hablar de esas cosas. Los dos hombres se escuchaban y asentían con la cabeza. Seguro que habían congeniado. Y así fue cómo me aficioné a ir a Casa la Eduvigis. Al carpintero debió hacerle gracia mi constancia, porque, poco a poco, comenzó a encargarme pequeñas tareas. «Aguanta la tabla para que no se caiga cuando termine el corte », me dijo un día.

Y a mis nueve años me vi convertido en ayudante de carpintero, sosteniendo una tabla de pino que el maestro apoyaba en el banco improvisado.

Agarré el saliente de la madera con temblor. Y, para sobreponerme, la empujé hacia adentro y, en ese instante, el maestro detuvo la sierra y gritó:

—Pero, chiquillo, ¿no ves que si aprietas cierras el corte, la hoja queda trabada y no puede desplazarse? Mira, cuando se ayuda a un carpintero, lo primero que hay que saber es qué se está haciendo. Así que vas a decirme qué estamos haciendo.

—Pues cortando una tabla.

—Habla más alto que estoy un poco sordo —dijo, mirándome a los ojos. Y añadió—: ¿Con qué la estamos cortando?

—Con la sierra —respondí con todas mis fuerzas.

Y mi padre lo repitió tan alto que mi madre exclamó:

—Diego, ni Juanillo ni tu hijo están sordos, no hace falta que grites tanto.

—Pues, precisamente, eso fue lo que dijo el maestro: «No hace falta que grites tanto, aún no estoy sordo del todo».

Y todos nos echamos a reír.

—Vamos a ver, ¿prosigo? —preguntó mi padre.

—¡Sííí! —gritamos Juanillo y yo.

Y los cuatro reímos, con tanta fuerza que, cuando acabamos, Juanillo dijo:

—Pues ¿no me duelen las *quijás* de tanto reír?

Y volvimos a reírnos de tal modo, que yo reía y lloraba a la vez. Eso nunca me había pasado. Cuando terminé de reír, el cuerpo me sabía a gloria.

—¡Buenooo! —recalcó mi padre con una larga sonrisa mientras esperaba… Y continuó:

El maestro Miranda, que así se llamaba el carpintero, me miró y dijo:

—*Estamos cortando una tabla con la sierra, es verdad, pero la sierra corta, porque tiene una hoja, ¿la ves? Y para que la hoja pueda cortar hace falta que no se le cierre el paso, que no se ahogue el corte. El corte es la abertura que va abriendo con los dientes, por eso, si tú empujas la tabla, cierras esa abertura, la madera aprisiona la hoja y, entonces, la sierra no puede andar. Es como si a ti, cuando vas a correr, alguien te trabara los pies. No puedes separarlos y no puedes correr. Para ser carpintero hay que estar atento a lo que la herramienta y la madera indican. Por tanto, baja un poquitín los brazos, para que se abra el corte y yo pueda seguir. Bájalos, pero no mucho, no sea que la tabla se astille y el corte no quede limpio.*

Mi padre nos miró y añadió:

—Yo comprendí perfectamente todo lo que me había explicado, así que dejé de empujar y me limité a sostener la tabla, contemplando cómo la sierra escupía el serrín por la pequeña abertura que abría la hoja. Cuando terminó, me sentí tan contento que le dije:

—*¡Qué buen maestro hubiera sido usted! ¡Me he enterado de todo lo que me ha explicado!*

Y, aunque él se reía poco, me parece que sonrió, me miró y dijo:
—*Tampoco tú serías un mal alumno.*

—Y, desde aquel día —dijo mi padre—, comencé a llamarle «maestro». Tanto me atrajo la carpintería, que me fui con él a su pueblo, Cuevas de San Marcos. Y una vez allí, me encontré lejos de mi familia y amigos, en un pueblo que no era el mío, convertido en aprendiz de carpintero y niño de los recados.

Yo me quedé en silencio. Debió ser muy duro, pensé. Miré a mi padre y él nos miraba a todos con cariño.

—En Cuevas de San Marcos —prosiguió mi padre— me pasaba el día entre la carpintería y la calle. «¡Niño, calienta la cola!», «¡Niño, ve por alcohol!». El alcohol es imprescindible en una carpintería. No porque te des un corte o se te clave una astilla, sino porque no se puede barnizar un mueble sin alcohol. La muñequilla debe, a base de alcohol y tras haber tapado los poros con la piedra pómez, ir, lentamente, incrustando la gomalaca en la madera hasta que tome cuerpo y brille como un cristal. «¡Niño, que la maestra necesita aceite!». La maestra era la esposa del carpintero, que fue para mí como una madre. Siempre le estaré agradecido. De mi maestro lo fui aprendiendo todo, pero como era sordo y los sordos, a veces, tienen malas pulgas, tuve que fortalecerme pronto. Un día, él me dijo: «Prepárate, que mañana tenemos que ir cerca de Málaga a reparar un molino». Y, entonces, a mis once años, comprendí que se fiaba de mí, porque añadió: «Si para los oficios hubiese graduación, dentro de pocos años alcanzarías la toga de carpintero». Mi maestro estaba orgulloso de su oficio, ya que se es carpintero por amor. Sí,

Juanillo, por amor. Pues se llega a soñar con la madera y a conocerla por la vista, el olfato y el tacto. Hay como un maridaje indisoluble entre la madera y el ebanista. Por todas las ventanas de su mente entra la luz de la madera. Se puede olvidar todo, pero la madera no; ella se traza, corta, labra, cepilla, escoplea, espiga, escofina, empalma, ajusta y encola; ella se clava, moldura, talla, lija, encera, barniza y acaricia. Ella se deja hacer, aunque siempre responde desde la verdad. Nunca engañes a la madera. Nunca le mientas. Ella tiene su vida y te responde, no como tú quieres, sino como ella es. La madera es sagrada y solo el carpintero que lo olvida, fracasa.

Esas palabras crearon un silencio distinto. Al rato, yo dije:

—Papá, me parece que cuando te enfrascas en el trabajo, vives tan embebido que se te olvida todo.

—¿Todo? —me preguntó con cara de sorpresa.

—Sí, mamá dice que te olvidas hasta de comer.

Metió los carrillos para adentro, puso ojos desfallecidos y dijo:

—Qué razón tenía mi madre cuando me decía: «Diego, te llamo para el almuerzo y si estás trabajando, ni me oyes».

Y todos nos echamos a reír.

—Sí, hijo, como os decía: nunca olvidaré la noche que el maestro dijo «Mañana tenemos que ir en busca de un molino. Está lejos y quiero que me acompañes. Partiremos antes de que claree».

»Que estaba lejos era cierto. Salimos cuando aún no apuntaba la luz. En el mulo puso la madera para las cucharas y torvas, y me dijo que me subiera en él. Y en el caballo, tras colocar las herramientas envueltas con una arpillera y la bolsa con la comida, se montó él. Partimos. Dejamos atrás Cuevas Bajas y hasta Villanueva de Algaidas. Atravesamos sierra de Arcas y por terrenos cambiantes, fuimos a parar al pie de la sierra de las Cabras, junto a una fuente de agua fresca. Era mediodía y allí descabalgamos, comimos y descansamos. Ya repuestos, proseguimos hasta voltear el Puerto de las Pedrizas. Y, entonces, la claridad se alargó como si se extasiara en el aire. Transpiraba humedad.

El maestro dijo:

—El mar de la capital, que hasta aquí se atreve.

—¿Cuántas capitales tienen mar? —pregunté. Pero el Maestro ni me oyó.

Cuando la tarde caía, entramos por unos caminos de tierra y, al anochecer, llegamos a un cortijo. Descargamos las bestias y, tras la cena, me puse a buscar dónde dormir, pues me encontraba como si me hubieran dado una paliza. Divisé la cuadra, entré y allí estaba el pensaor entre los animales.

—¡A la paz de Dios! —dijo al verme.

—¡A la paz de Dios! —contesté.

El pensaor se quedó mirándome, se echó a reír y exclamó:

—A lo más solo eres un mozalbete, para hombre te falta un quintal.

—¿Quién sabe? —respondí.

—¿Y eso?

—¿No dicen que a los hombres se les conoce por su trabajo?, pues yo voy camino de hacer el de un hombre.

—¡Caramba con el crío! Y ¿qué buscas?

—Un sitio donde pasar la noche, la humedad de la capital me acobarda y no quiero dormir con mi maestro, que ronca.

—*Pues lo encontraste.* —*Y señaló las escaleras que subían al falso techo que había sobre los pesebres.*

Subí y encontré un montón de paja limpia. El sitio parecía bueno y caldeado. Yo me sentía tan cansado que me dejé caer sobre la paja y me dormí tan profundamente que no recuerdo haberme vuelto a dormir así nunca más.

—Juanillo —dijo mi padre—, aquella noche vi claro que el Niño Dios quisiera nacer entre animales, es para estarles agradecido.

—¿Y el molino? —pregunté.

—¿El molino? ¡Ah! Al día siguiente, tras el desayuno, se presentó el dueño y salimos en su búsqueda.

Mi padre, como si hablara para sí, continuó:

—Cada vez que el dueño decía algo, mi maestro repetía: «¡Como usted mande, don Manuel!». Llegamos al molino, nos dieron una habitación con dos camas, una palangana, un aguamanil y dos hazalejas. «Esto, para que nada les falte», añadió el dueño. «¡Como usted mande, don Manuel!». A mí aquel «¡como usted mande!» no me gustaba. Pues yo puedo aceptar o no los trabajos, pero lo que jamás aceptaré es que me indiquen cómo debo hacerlos. Eso lo decido yo. Fíjate, hijo, no hace tanto, el señorito me dijo: «Es usted caprichosillo trabajando, Diego».

—Papá —dije bajito—, y ¿tú te callaste?

—No, hijo, yo le contesté: «pues igual que usted cuando se pone a escribir».

—¿Y se quedó callado?

—¡Qué va…! Se echó a reír…

Y nosotros también nos echamos a reír.

—Bien —dijo mirándonos—, os voy a confesar una cosa: aquel trabajo fue para mí una iluminación, porque arreglar un molino exige conocerlo. Y, para conocerlo, hay que descubrir su punto débil. A veces, es algo mínimo, íntimo, casi invisible, por lo que hay que poner los cinco sentidos en la búsqueda, ya que si no averiguamos su fallo, no podremos arreglarlo. Así que me metí en el caz, el agua estaba fría y mi maestro tenía reuma. Descubrí la angostura del saetín, observé la altura y la fuerza del agua que movía las cucharas, admiré la rotación del árbol y la espada, bajé hasta la piedra y la tolva… Aquel Molino creo que despertó mi inteligencia. Tanto, que cuando el maestro preguntó: «¿Pero dónde diablos estará el fallo?». Yo, sin dudarlo, dije: «En el saetín, que le falta una parte de la madera». «¡Puñetero niño!», exclamó.

»Por tanto, Juanillo y tú, hijo mío, mirad lo que os digo: un día saldréis con vuestros amigos, pero nunca olvidéis que el lugar más puro que tiene un artesano es su taller; ahí es donde descubre la verdad de su obra. Por eso me gusta repetir: «somos lo que hacemos». Y es que todos queremos quedar bien cuando hacemos algo, ya que nuestras obras hablan por nosotros. Esto tiene un gran valor, pues me recuerda que mi trabajo, haga lo que haga, he de hacerlo lo mejor posible.

—¿Y arreglasteis el molino? —pregunté.

—Sí, lo arreglamos. Trabajo costó, pero lo dejamos moliendo con avaricia.

—¿Con avaricia?

—Claro, pues, aunque la avaricia es un deseo que nunca se sacia, existen diferentes avaricias. Por ejemplo: si tú quisieras tener muchas libretas, cuando solo necesitas dos, podría ser una pequeña señal de avaricia. También, hay quienes son avaros del dinero y siempre quieren más. Los avariciosos de dinero son capaces de todo: engañar, robar y maltratar, ya que solo ven con los ojos del dinero. No digamos los que avarician el poder. Por lo que hay avaricias malas y otras que no lo son.

—Papá, Jerónimo dijo un día: «Ese hombre es un avaro». ¿Era por eso?

—No lo sé.

—Ah. —Y me puse a pensar que yo no conocía personas avariciosas. Entonces, me acordé de la avaricia del molino y me dije: «tiene que ser de las buenas».

Mi padre disfrutaba hablando.

A Juanillo le gustaba lo que iba contando, por lo que le preguntó:

—¿Y cuántos años estuvo en Cuevas?

—Ay, os he contado que el maestro era sordo, y, a veces, tenía malas pulgas. Tantas, que lo pagaba conmigo y me pegaba. Los primeros años llegué a pensar que aquello me fortalecería, pero después ocurrió que, cada vez que me pegaba, me entraban ganas de marcharme. Aguanté hasta los quince años. A esa edad, cuando un día fue a pegarme, me cuadré y le dije:

—¡Alto ahí, maestro! Usted ya no me pega más. Desde este momento, me voy de Cuevas, así que búsquese otro aprendiz y trátelo con más cariño que a mí.

Se le mudo la cara y gritó:

—¡¿Que te vas?!

—Sí —respondí—, ahora mismo, porque todo lo que usted sabe, ya lo sé. Así que le doy las gracias por lo que he aprendido, pero no acepto ni un golpe más. —Cogí mi ropa, hice un hatillo y me despedí de la maestra con pena.

—¿Y qué pasó? —le pregunté.

—Pues que me fui andando a Palenciana, donde me instalé como carpintero.

—Pero… ¿y las herramientas?

—Con lo que me ayudaron y prestaron, fui a Antequera, compré lo más indispensable, lo cargué todo en un carro y me volví al pueblo.

—¿Y tenías trabajo?

—Bueno, tuve que aprender lo que vale la paciencia. En aquel tiempo, los ataúdes se hacían a medida. Y los hacían los carpinteros. En Palenciana, como no había carpintero, se encargaban en Benamejí. Mi primer trabajo fue el ataúd de un difunto. Lo hice con tal empeño que admiró a más de uno y a partir de aquel día me encargaban cuantos iban haciendo falta. Por cierto, del tercero no me he olvidado.

—¿Qué?

—Que como la madera escaseaba, al difunto se le tomaban las medidas para hacerle el ataúd. Me avisaron de la muerte de una abuela y fui a su casa. Los deudos estaban en la planta baja. Pregunté por la fallecida y me señalaron la cámara. Subí y allí, boca arriba, sobre un catre, la abuela. Saqué el metro y nada más extenderlo sobre el cadáver se puso a toser. ¡Ay!, me entró tal repeluco que salí corriendo escaleras abajo y gritando: «¡Cuando se termine de morir me llaman, la abuela tose!».

—¡Ah! —exclamamos riendo Juanillo y yo.

—Y cuando no había muertos, ¿qué hacías?

—Pues lo que se presentaba, hijo: una mesa con sus sillas; reparar una puerta que se había hinchado y no cerraba; arreglar los basares de las tiendas; unas palas para sacar el pan del horno; recomponer y hacer algunos bancos para la iglesia. Un altar que también arreglé; un almirez y muebles para los novios que se iban a casar. Por cierto, una pareja montó una exposición con ellos y todo el pueblo fue a verlos.

—¿Y qué decían?

—Según contaban: «¡Ay, niña, qué muebles, parecen de película!».

—¡Oh! —dije. Y añadí—: ¿Y en la iglesia?

—Eres incansable, ya te lo he dicho… Aunque recuerdo que lo primero que hice fue un sol radiante, color madera, que todavía está sobre el altar de la nave del Evangelio.

—Ah, yo lo he visto, Juanillo —dije—. Es precioso.

—Sí —dijo mi madre—. Cándido, el joven de Palenciana que estuvo aquí unos días con nosotros, siempre lo estaba refiriendo.

—Bueno —añadió mi padre—, como la Nochebuena es muy especial, pido a mamá que cante algo al Niño Dios. Mañana, día de Navidad, también estaremos solos.

Mi madre nos miró, sonrió y comenzó a cantar:

—*Madre, en la puerta hay un niño más hermoso que el sol bello…*

Pero se detuvo, se le saltaron las lágrimas. Nos miró a los tres y dijo con la mano en su vientre:

—Perdonad, esta noche es muy grande para nosotros y me he emocionado. Es como si Dios se pusiera a nuestro alcance. Dios hace las cosas tan bien, que siempre se adelanta y se da, por eso nace como un niño. Y yo traigo un niño. Pienso que los padres ayudamos a Dios. Pero como hoy es Nochebuena, le doy las gracias y os pido que todos le demos gracias al Niño Dios.

Y nos quedamos en silencio. Después, ella se limpió la cara y volvió a entonar:

Madre, en la puerta hay un niño
más hermoso que el sol bello,
preciso que tenga frío,
porque viene medio encueros.
Pues dile que entre, se calentará,
porque en esta tierra, porque en esta tierra,
ya no hay caridad.
Entra el niño y se calienta…

Mi madre se detuvo de nuevo. Nos miró con lágrimas en los ojos, sonrió y dijo:

—Creo que lo mejor es pedir que el Niño Dios nazca en la familia de Juanillo, en la nuestra y en todas las familias.

Y volvimos al silencio. Era un silencio tan especial que mi madre sonreía con lágrimas de felicidad. Mi padre, entonces, se levantó despacio y le dio un abrazo.

A mí me entraron ganas de abrazarme a mis padres, pero miré a Juanillo y lo vi con la boca abierta, así que me contuve. Los dos nos miramos y sonreímos. Seguro que mi hermanito se dio cuenta. ¿Sonreirán los niños dentro de las mamás?

Mi madre, tras desearnos las buenas noches, dijo a Juanillo:

—Mañana desayunas con nosotros.

La fuerza del amor

«Mañana desayunas con nosotros», le había dicho mi madre. Y Juanillo así lo hizo.

Pero tras el desayuno marchó a limpiar las cuadras y preparar el pienso para los animales. Y como era Navidad dijo que se iba con su abuela.

—¿Tu abuela? ¿Tus padres no viven en Alameda? —le pregunté.

—No, no tengo padres, murieron. —Y pareció que su voz se quebraba.

—¡Ah!, no lo sabía.

—No importa. Mi madre falleció siendo yo pequeño y a mi padre lo mataron en la guerra. Desde entonces, he vivido con mi abuela.

—La querrás mucho.

—Sí. Un día, si a tu padre le parece, te llevo al pueblo para que la conozcas. ¿Tú tienes abuelos?

—Abuelos vivos, uno; abuelas, dos.

—Eso es bueno.

—Sí.

Juanillo se fue a las cuadras y yo me quedé solo. Y, aunque ya sé lo que es estar solo, hoy ha sido diferente. Otras veces, la soledad ha sido como cuando te hablan del frío y tú estás junto al brasero, pero hoy no, hoy he sentido algo que no había experimentado: hoy me he sentido solo de verdad. Como si la soledad lo abarcase todo. Como si dispusiera de mí. Por eso, para remediarlo, quise hablar con Victoriano, pero él… ¡no respondía! ¿Qué le pasaba? ¿Cómo iba a saberlo si estaba más callado que un muerto? Se me ocurrió contarle que tenía más recortes de madera…, pero él igual: una losa. Le dije que podíamos hacer una carretera, un río como el Genil, con su barca y todo, pero nada de nada…

—¿Jugamos a las bolas? —le pregunté.

Y más sordo que una piedra.

—Está visto que puedo hablar con Juanillo mejor que contigo —le dije irritado.

—Pues ¡quédate con Juanillo! —me gritó.

Eso me gritó. Lo oí con toda claridad. Y me sentí raro, tan raro que me puse a pegarle patadas a las piedras y a las matas que se cruzaban en mi camino. Y quise convertirme en José María el Tempranillo, del que había oído hablar a mi padre. Y me escondí para que no me viese mi perseguidor. «Porque a los hombres importantes siempre los persigue alguien», había dicho Jerónimo. Y di un rodeo para sorprender por la espalda a mi enemigo o enemigos, que eso nunca se sabe. Y salté tanto que caí sobre él y rodamos los dos por el suelo, enzarzados en la más brava pelea. Y es que no podía sospechar que yo tuviera tanta fuerza. Fue como una guerra a muerte. Y no me detuve hasta que derroté a mi perseguidor a quien dejé allí, en el suelo, más muerto que el padre de Juanillo. Después, me puse a andar y andar y andar hasta que me sentí cansado, agotado, como mi padre el día que se pasó envigando el cuadrado del tejado. Yo nunca lo había visto tan cansado. Y volví a casa, pero mi madre, nada más verme, preguntó alterada:

—¿Qué te ha pasado? ¿Te has caído?

Y sentí rabia y tristeza, y me senté en mi silla, y puse la cabeza sobre la mesa y me eché a llorar.

Mi madre se levantó, se sentó a mi lado en silencio y esperó a que acabara de llorar; después, me alzó la cara, me miró a los ojos y dijo:

—Si me cuentas lo que te ha ocurrido, me harás un gran favor y quedaré tranquila.

Y recordé que en su estado se le debían evitar las pre-ocupaciones, así que se lo conté todo. Le hablé de Juanillo, que no tenía madre desde pequeño y tampoco padre, porque lo habían matado en la guerra. Y que yo me había sentido muy solo. Y le dije lo de la rabia que me había entrado. Tanta, que me hubiera gustado ser José María el Tempranillo. Y de cómo rodé por el suelo luchando contra un hombre malo que iba persiguiéndome, pero yo lo vencí y le dejé igual que dejaron al padre de Juanillo en la guerra: tendido en el suelo para siempre.

Mi madre escuchó en silencio. Después, puso sus manos sobre mis hombros, me atrajo y dijo:

—Lo que te ha ocurrido es una buena señal. Verás, estás creciendo como un hombre de bien, pues te ha dolido saber que al padre de Juanillo lo mataron. Y cuando te has quedado solo, ese sentimiento ha salido para fuera con fuerza, rabia y furia. Por eso has vivido lo que te ha sucedido. Otra vez que te sientas solo, ve en busca de tu padre. Tu padre nunca está solo, porque es capaz de inventarse nuevos trabajos. Tu padre sabe cómo se vence la soledad. Y, sobre todo, cuando te invada la furia, procura controlarla. Inténtalo, porque la furia engendra una fuerza destructora que es origen de muchas peleas y guerras. Y, entonces, los pueblos se convierten en masas capaces de destruir cuanto les señalan.

Cuando mi madre acabó de hablar, me sentí mejor, así que le pregunté:

—Mamá, has hablado de la fuerza, rabia y furia que nacen del sentimiento. ¿Es que hay otras maneras de fuerza?

—Pues sí. Existe la fuerza física. Tú, cuando llegamos, no podías subirte al poyete. Después, creció tu fuerza y te subías a pulso. Es una fuerza que se ve y con la que se hacen los trabajos. Hay otra fuerza que nace de la inteligencia. Tú estás aprendiendo con tu memoria e inteligencia y cuando el hombre sabe utilizar esa fuerza, ve las cosas con claridad. Estudiando se desarrolla esa fuerza, no lo olvides. Hay otra fuerza poderosa que la produce el amor. Por amor se hacen las cosas más maravillosas y se ama a los hijos, tanto, que el Señor y el amor siempre nos dan fuerzas. Y existe otra que yo llamo la fuerza de la humildad. Por ejemplo: cuando el hombre tiene esperanza y sabe ser fiel, amar, ayudar y estar en lo que está, levantarse siempre y esperar, cuando no pierde la paz ni la sonrisa, a pesar de que las cosas no vengan bien, tiene la fuerza de la humildad.

—Y por eso ¿tú sonríes?

—Bueno, yo le pido al Señor tener esa fuerza.

—¡Ah! ¿Y por eso repites que yo haga bien lo que estoy haciendo.

—Sí, porque la fuerza de la humildad hace que tú seas tú, frente a los cambios y luchas de la vida.

—¡Ah!

Y mi madre me sacudió la ropa, me lavó la cara y los brazos, me peinó y dio un beso.

Y, entonces, sentí la fuerza de su amor.

La abuela

Después de la siesta, dijo mi madre:

—Diego, ¿por qué no lleváis unos pestiños a la abuela de Juanillo?

Mi padre la miró con cariño, sonrió y dijo señalándome:

—Si el niño quiere…

Yo salté de alegría. Mi madre colocó en un plato hondo unos pestiños, los tapó con una servilleta y metió el plato en una caja de cartón. La amarró y me la entregó, diciendo:

—Cuida que no se caiga. Cuando llegues, le dices a la abuela: «¡Feliz Navidad!». Y le entregas el regalo.

Mi padre comentó:

—La tarde está serena, ¿nos vamos en la bicicleta o damos un paseo?

—Un paseo —dije, y eso hicimos.

El pueblo no andaba lejos y caminar con olivos vigilando nuestros pasos daba gusto, así que cuando llevábamos un trecho, mi padre me pidió el regalo, pues pesaba. Después, dijo:

—Recuerdo el día que tu abuelo me mandó al olivar viejo por un haz de ramón. «Coge el borrico y la cuerda, y ve a por el haz de ramón», fue cuanto dijo. «¿Pesa mucho?», le pregunté. «Si te ves en apuros, llama al tío Mañas».

—Yo no conocía al tío Mañas, pero como había dicho que lo llamara, pensé que estaría cerca. Cogí la cuerda, saqué el borrico, lo monté y salimos para el campo. A mí me gustaba montar en el borrico. Tú no sabes lo bien que se va en él. Es mejor que cuando tú das saltos en nuestra cama. Me parecía que formábamos un solo cuerpo. Yo indicaba y él obedecía. Yo hablaba y él estiraba las orejas. Era único. Yo no tenía prisa, subimos despacio hasta el olivar viejo y allí estaba el haz de leña. Pero nada más verlo, se me cayó el alma a los pies. «Seguro que mi padre va para viejo», pensé, porque aquel haz de ramón era más grande que yo. ¿Cómo iba yo a subirlo al borrico y a amarrarlo? Intenté abrazarlo y no lo abarcaba. ¿Estaría mi padre chocheando? Pero recordé que había dicho: «llama al tío Mañas». Miré alrededor y no vi a nadie, así que me puse a gritar: «¡tío Mañas, tío Mañas!» Y mientras más gritaba, el borrico más estiraba las orejas, pero el tío Mañas no daba señales de vida. Me puse a buscarlo y a gritar cada vez más fuerte, y ni por esas. Lo del tío Mañas no me gustaba. ¿Estaría mi padre riéndose de mí? «¡Cuando lo vea, me va a oír!». Pero me detuve a tiempo, menos mal, pues, por poco si caigo de bruces en una zanja de más de un metro de profundidad. Y me dije: «¡Ni falta que me haces, tío Mañas, me las arreglaré solo!». Fui, tomé el borrico del ronzal y lo llevé a aquella hondonada. Lo miré y dije: «¡Quieeetoo!». Y volví a donde estaba la leña. La empujé con todas mis fuerzas y el haz comenzó a rodar. Me costó trabajo, pero como estaba bien amarrado, lo llevé junto al borde mismo de la zanja. Después, pasé la cuerda por el haz, coloqué el trasero del borrico pegado a la pared de la zanja, tiré de la cuerda, lentamente, hasta que el ramón pasó de la tierra al lomo del animal. Lo amarré, tan bien, tan bien, que me desollé las manos. Pero la leña quedó sujeta. Cogí el ronzal y dije:

«¡Arre, arre!». Y sin detenerme, ni para orinar, el borrico arrancó y a mí me entró una gran alegría. El camino de regreso lo hice a su paso. Cuando los animales salen buenos, la comunicación con ellos es un cantar… —Mi padre se detuvo, me miró y dijo—: Cuando llegué, tu abuelo, nada más verme, vino corriendo para descargar el haz de ramón. Yo me quedé mirándolo, pero él a lo suyo. Así que le dije: «Hay que verlo, para creerlo: me has engañado como a un tonto». «¿Yooo?», preguntó, llevándose la mano al pecho y poniendo rostro de asombro. «¡Sí, tú!». «¿Cuándo?». «Pues ¿cuándo iba a ser?, me dijiste que llamara al tío Mañas». «¿Y lo llamaste?». «Pues claro, ¿qué querías que hiciera con un haz de leña más grande que yo?». «¿Y no se presentó?». «¡Qué va…!». «Entonces, ¿cómo lo cargaste?». «¿Cómo iba a hacerlo?», respondí casi llorando, «Valiéndome de una zanja en la que estuve a punto de caer». «¡Ah! ¿Y quién te dijo que podías hacerlo así?». «¡¿Quién te dijo?!, ¡¿quién te dijo?! ¡¿Quién me lo iba a decir si estaba solo?!», grité con toda mi rabia. «¡Ah! Estabas solo y fuiste capaz de buscar las maneras y cargar este enorme haz de ramón y traerlo ¡tú solo! De verdad, Diego, eres ingenioso. Ocho años y sabes ingeniártelas. Tú no necesitas al tío Mañas. El tío Mañas eres tú. Tú tienes mañas para hacer las cosas. Por eso, fíjate lo que te voy a decir: el tío Mañas no te ha fallado. Siempre que estés en un apuro, recuerda que el tío Mañas ayuda a todo el que se esfuerza por encontrar una salida. Me alegra habértelo recomendado. A mí nunca me ha fallado». Y mientras mi padre desataba la cuerda, añadió: «Quien bien ata, mal desata, pero encuentra lo que ata». Empujó

86

la leña y cayó rebotando en el suelo. Me miró, sonrió y los dos nos echamos a reír. Reí tanto, que terminé llorando. Cuando me quedé solo, me admiré de lo que había pasado. No de que hubiera descubierto al tío Mañas, sino de que mi padre hubiese hablado tanto. Hablaba poco, pero aquella charla con él no la he olvidado, hijo. Me parece que hablar hace bien.

—Papá —pregunté—, es verdad que cuando tú le dijiste que cargaste la leña discurriendo, él dijo: «¡Ah!».

—Sí, así se expresó. ¿Por qué lo preguntas?

—Porque me parece que yo también lo digo.

Y mi padre, mirándome, exclamó:

—¡Ah!

Y los dos nos echamos a reír.

Desde luego, mi padre debe saberlo casi todo, porque me ha traído sin titubear a la casa de Juanillo. La puerta estaba entornada, pegó con los nudillos y se oyó una voz que decía:

—¡Adelanteee!

Entramos y, nada más vernos, la abuela sonrió y dijo:

—¿Qué os trae por aquí?

—Pues que mi señora quiere que usted pruebe sus pestiños.

Y yo le dije:

—Abuela, ¡feliz Navidad! Esto es un regalo de mi madre.

La abuela tomó la caja y la abrió. Sacó el plato, levantó la servilleta, olió los pestiños, me miró y guiñó mientras se relamía los labios. Después, puso el plato sobre el hule de la mesa y dijo:

—No tenían que haberse molestado. Por favor, tomen asiento.

La casa no parecía muy grande, pero era una casa, no una habitación como nuestra vivienda.

—Gracias por los pestiños —dijo mientras doblaba la servilleta— y gracias por lo bien que tratan a mi nieto.

Se veía que la abuela quería a Juanillo. Mi padre y la abuela se pusieron a hablar, y yo me acordé de que Juanillo me había dicho que eso de tener abuelos era muy bueno. Al rato, mi padre preguntó:

—Señora, ¿podría usted decirme si en el pueblo hay comadrona?

La abuela sonrió, lo miró y dijo:

—Sí, ya sé que su esposa está de buena esperanza. En el pueblo hay una señora propia para esos casos. Creo que ha ayudado a venir a este mundo a todos los críos en varias leguas a la redonda. Es mi comadre y alguna vez la he acompañado en el oficio. Así que si usted quiere, llegada la hora, se le avisa. Y si hace falta, voy con ella.

—¿Y se lo puedo mandar a decir con Juanillo?

—Pues no faltaba más, claro que puede.

Yo no me enteré muy bien de lo que hablaban, pero, sin duda, debía tratarse de mi madre. Y como era la primera vez que oía esa palabra, pregunté:

—¿Y qué es una comadrona?

La abuela y mi padre se miraron. Mi padre se quedó callado y la abuela exclamó:

—Ya había oído yo algo. ¡Pues no resulta que el joven es preguntón! Eso no está mal. Preguntando se llega a Roma.

Creo que me puse colorado, pero me callé y esperé.

—Una comadrona es una persona que tiene unos conocimientos y sabe cómo hay que ayudar a un niño que está naciendo. Por eso, cuando una madre da a luz, la comadrona está allí y la ayuda —dijo.

—¡Ah! ¿Y dar a luz es que el niño ya viene?

—Sí, que ya viene a la luz, porque dentro de la mamá él no la ve.

—Gracias.

Y la abuela se levantó, se acercó y me dio un beso que olía a abuela. Después, dijo:

—Esperad un momento.

Cogió el plato de los pestiños, se fue hacia la cocina y salió con él y la servilleta encima. La levantó y dijo:

—Esto es para mamá. Son unas tortas de aceite que hacemos en el pueblo, con su matalahúva y todo. Aquí, la gente tiene sus mañas. Diego, usted sabe que cuando se recibe un regalo, no se debe devolver el plato vacío, así que muchas gracias.

Y metió el plato en la caja de cartón, la amarró y me la entregó.

Nos despedimos de la abuela y salimos de nuevo hacia la carretera.

—Aligera el paso —dijo mi padre—, pues aunque el refrán dice: «San Juan acortando y el Niño alargando», todavía tardará en notarse y pronto anochecerá.

Iríamos por mitad del camino cuando vimos que llegaba el autobús. El sol de poniente resaltaba su falta de pintura. Nos hicimos a un lado y, al verlo pasar, dijo mi padre:

—El autobús de línea. Seguramente, dormirá aquí, pues mañana saldrá para Antequera. —Se puso serio y añadió—: ¡Qué pobres somos!

—¿Pobres?

—Sí. ¿No ves lo que lleva detrás?

—Me ha parecido un bidón puesto en pie —dije.

—Sí, porque hay escasez de gasolina y España es pobre. Tan pobre, que no tiene para comprarla. Por eso, a los coches, autobuses y camiones, se les colocan esas calderas en las que se quema carbón. Y con la combustión se aprovechan los gases para que anden.

—¿Gases?

—Sí y por eso se les llama gasógenos.

—¿Y si no hay carbón?

—Pues se quema leña, cáscaras de almendra o vaya usted a saber, cualquier cosa que pueda producir la energía que necesitan, aunque la velocidad que alcanzan es poca.

—¿Pero no venía corriendo?

—Bueno, antes eso no era correr.

—¡Ah!

Mi padre se calló y yo sonreí. Él se dio cuenta y preguntó:

—¿Qué te ha hecho gracia?

—Que me he acordado de la abuela de Juanillo. Ella dijo: «este pueblo tiene sus mañas y por eso hacen tortas de aceite». Y tú, ahora, hablas de que somos pobres, porque no tenemos dinero ni para gasolina y, por eso, hemos convertido a los coches en…

—En gasógenos.

—¡Ah! Eso es lo que me ha hecho gracia, pues pienso que el tío Mañas seguro que tiene mucha familia.

Y nos pasamos el resto del camino buscándole parientes al tío Mañas, hasta que dije:

—¿Tú sabes una cosa?

—¿Qué?

—Que mamá y tú parecéis hijos del tío Mañas.

—¡Ah! Entonces a ti te llamaremos el nieto del tío Mañas, el Mañitas.

Los inocentes

Era el 28 de diciembre y, tras el desayuno, mi padre se fue a sus cosas y mi madre me dijo:

—Hoy es el día de los Santos Inocentes, ¿rezamos un padrenuestro?

Tras el rezo, le pregunté:

—Mamá, ¿por qué te gusta rezar el padrenuestro?

Me miró y se le iluminaron los ojos:

—Porque, cuando lo rezo, me siento amada y comprometida.

—¿Amada?

—Sí, como tú cuando dices: «¡papá!, ¡mamá!», ¿no notas algo así como una protección?

De pronto, lo vi. Era verdad y dije:

—Sí, pero lo que yo noto es como una seguridad.

—¡Ah, qué bien! Pues eso es lo que a mí me pasa con el padrenuestro, que siento la seguridad de saber que Dios es mi padre y me ama.

—¿Y si un día no la sientes?

—Pues espero… A lo mejor, Dios hace lo mismo que yo cuando tú me das voces y no respondo. No te respondo, porque espero que te acerques, ya que solo así compartimos mejor la alegría del encuentro.

—Entonces, ¿por qué dices que te compromete?

—¿Quieres que repitamos juntos la segunda parte, «el pan nuestro de cada día…», y te lo explico?

—Sí.

Y dijimos: «El pan nuestro de cada día dánosle hoy».

—¿Qué hemos pedido? —me preguntó.

—El pan.

—El pan, nuestro alimento. Y como el trigo necesita la tierra, el sol, el agua y el trabajo del hombre para hacerse pan, nosotros necesitamos que no nos falte lo que Dios nos da por medio de la naturaleza. ¡Qué compromiso! Conservar la naturaleza y trabajar por el pan. Más aún, pues pedimos «el pan nuestro», el de nuestra familia y de todas las familias, porque Dios es padre de todos… Así que esta petición me da fuerzas para seguir trabajando. ¿Continuamos?

—Sí.

Y dijimos: «Perdona nuestras deudas así como nosotros perdonamos a nuestros deudores».

—Fíjate: le estamos diciendo a Dios que nos perdone como nosotros perdonamos. Por tanto, si quieres que Dios te perdone, Él te va a preguntar: Y tú, ¿cómo has perdonado?

—¿Vemos otra petición?

Y se quedó en silencio, hasta que yo dije:

—No nos dejes caer en la tentación, mas líbranos del mal.

—No corras, has unido dos peticiones. La primera habla de la tentación. —Y se detuvo como si pensara—: Hace tiempo dijiste que un día estabas tan triste, que te hubiera gustado ser un hombre poderoso y matar a los malos. Aquello era una tentación. Matar y destruir no debemos hacerlo nunca… Por eso, como somos débiles y podemos caer en la tentación, pedimos al Señor que nos ayude para que no caigamos en ella. Y la última petición habla del mal.

Y, entonces, el padrenuestro que comenzó con la palabra más bella, Padre, concluye con la más terrible: el mal que procede de nuestras limitaciones o de las limitaciones de los demás. Y como el mal es algo muy serio, pedimos que nos libre de él. Fíjate a cuánto compromete la oración que nos enseñó Jesús.

—Amén —dije.

—¡Ah! El amén me gusta. Significa que queremos vivir lo que rezamos. Por lo que nos recuerda el compromiso y el agradecimiento. Por eso, al decir amén, reconozco lo que debo hacer y doy gracias al Señor, porque me va a ayudar

—Entonces, ¿alegría y compromiso?

—Sí —dijo—. Has estado atento.

Y me dio un abrazo que me alegró.

Pero como era el día de los Santos Inocentes y me gustaba hablar con mi madre, le pregunté:

—Y ¿quiénes son los inocentes?

—Los que sufren sin tener culpa, hijo.

—¿Yo puedo ser inocente?

Se sonrió para adentro —que eso se nota— y afirmó:

—Tú, papá, yo y todos.

—¿Papá y tú también?

Me miró y comenzó despacio:

—Tú sabes que el señorito ha dicho a Juanillo que hasta que se les construya un sitio adecuado, guarde y cuide a los pavos reales en el cobertizo. Pues suponte que un domingo estamos solos en el cortijo y Juanillo, antes de marcharse, dice: «Diego, los pavos están en su sitio y con la puerta cerrada, así que no se preocupe, yo me voy al pueblo». Y se marcha.

Imagínate que, al día siguiente, cuando el personal vuelve, los pavos reales no se encuentran y la puerta del cobertizo está abierta. ¿Qué pasaría si Juanillo va y dice delante de todos que él la dejó cerrada, que así se lo dijo a Diego y que puede que él fuera a verlos y se la dejara abierta…? —Mi madre respiró y prosiguió—: Ahora piensa: ¿qué hubiera dicho el personal?

—Que papá era el culpable —dije asustado.

—Desde luego, pero imagínate que tú y yo sabemos que papá había estado todo el día con nosotros y que no había ido a ver a los pavos…

—Entonces, que lo diga.

—Sí, pero si eso sucede, el personal no sabría a quién creer, porque mientras Juanillo afirmaba que había cerrado la puerta, como siempre, papá aseguraba que él no la había abierto. Por cosas así, puede sufrir un inocente.

—Entonces no tiene gracia ser inocente —dije.

—Sufrir no tiene gracia, pero así es la vida.

—¿Y se puede hacer algo?

Mi madre volvió a mirarme, se quedó pensando y dijo:

—Lo primero, decir siempre la verdad. Si tú dices siempre la verdad, tu palabra tendrá más valor, porque resulta que eres una persona sincera, que no miente ni para quedar bien… Lo segundo: no perder los nervios y pensar qué pudo suceder. Si papá, por ejemplo, se hubiera marchado a Antequera, diría que él no estuvo en el cortijo y que tenía testigos. O también, si nada más oír lo de los pavos, llamase a Juanillo y van al cobertizo, y ven la cerradura forzada, lo más probable es que un ladrón haya robado los pavos, podrían decir los dos.

—¿Buscar una salida con el tío Mañas?

—Desde luego, pero si la cerradura no estuviera forzada y el tío Mañas no encontrase pruebas, ¿qué podría ocurrir? —Me miró, sonrió y añadió—: Antes que nada, vayamos por agua que la necesito para preparar la comida. Después, comentamos todo lo que se nos ocurra.

Y salimos, pues en nuestra habitación no teníamos agua. Así que mi madre cogió una garrafa y yo un cubo mediano y fuimos al otro lado del patio por agua.

Cuando volvimos y dejamos en su sitio la garrafa y el cubo, dije:

—Mamá, ¿qué cosas podrían suceder si papá fuera acusado siendo inocente?

—Bueno, piensa. Podría ocurrir que esa acusación le doliese tanto, que se irritara y se peleara con Juanillo, porque aquello era una injusticia. Y si tu padre hiciera eso, hasta podría comenzar una pequeña guerra y, en ese caso, él, tú y yo perderíamos la paz. Y Juanillo también. Y, a lo peor, hasta podrían hacerse un daño irreparable.

—¿Y qué más?

—Pues lo contrario. ¿Qué es lo contrario de la pelea?

—¿Aguantarse?

—Aguantarse. Y entonces, ante esa injusticia, si papá fuese capaz de sufrir sin perder la paz y perdonar a sus acusadores, estaríamos ante un santo.

Eso no me gustó, pero pregunté:

—¿Y por eso se llaman «santos inocentes»?

—Sí.

—¿Pues sabes qué te digo? Que no me hace gracia ser santo inocente.

—Si sigues pensando, a lo mejor descubres algo más.

—¿Seguro?

—Obsérvalo con otra luz.

Mi madre guardó silencio, pero yo no veía ninguna luz.

—Mira —dijo—. Papá y tú fuisteis al pueblo a por el palomo. Me dijiste que había sido un día estupendo. Es verdad que papá iba con la verdad por delante y supo demostrar que el palomo era tuyo, pero suponte que, cuando papá coge el gato y te lo da, tú lo elevas para que el palomo lo vea y él, en vez de volar hacia ti, al ver abierta la puerta del bar, sale volando hacia la calle. ¿Qué hubiese ocurrido?

—Que nos quedaríamos sin palomo y papá hubiese tenido que pagar el real.

—Desde luego, eso hubiera sucedido siendo el palomo tuyo. Y tú tendrías que haberte aguantado, porque si te irritas y le pegas una patada al muchacho del bar, a lo mejor, él te da un guantazo. Y si alguien te pega un guantazo, a papá, seguro que eso no le gusta. Supón que papá se hubiese enfrentado al muchacho y se hubieran peleado los dos. Tú, ¿qué ibas a hacer? Y los del pueblo, ¿de parte de quién estarían? Y todo, porque el palomo se fue volando. Pero si cuando el palomo sale volando por la puerta, tú te aguantas, sonríes y dices: «Papá, dale el real a este muchacho, porque el palomo es un desagradecido». La situación te hubiera dolido, pero papá y tú habríais sido más caballeros y más cristianos. Incluso, hasta puede que a los clientes de la taberna les hubiese hecho gracia tu salida y alguno podría exclamar: «¡Muchacho, eres una persona templada y eso es bueno!». ¿Lo has entendido?

—Creo que sí.

—Bien, hoy es un buen día para que recordemos a los Santos Inocentes.

—Me parece que no los voy a olvidar, aunque tiene que ser difícil cumplir lo que dices.

—Sí, el perdón es la más difícil de las virtudes, por eso, aparece en el padrenuestro.

—¿La más difícil?

—Pienso que sí, porque si hubiésemos sabido buscar la verdad, la justicia y el respeto no habríamos padecido la guerra y las masas no hubieran sido engañadas. Siempre hay un rayo de luz y de verdad. Las personas grandes saben encontrar esa luz y ponerla al servicio del pueblo, mientras que los egoístas solo buscan su provecho, hasta con la mentira.

—¡Ah!

Me encontraba tan a gusto con mi madre, que me dijo:

—¿Quieres que te cuente otra cosa?

—Sí.

—Te he dicho que el perdón es la más difícil de las virtudes. Tan difícil que, cuando Jesús habló del perdón, los discípulos no estaban de acuerdo. Y san Pedro, que era un hombre bueno y quería echar una mano a los demás, preguntó: «¿Cuántas veces tengo que perdonar?, ¿hasta siete veces?» Y el Señor le dijo: «Pedro, no solo siete, sino setenta veces siete». Que es, como si le dijera: «tú, Pedro, has dicho siete, pues yo te digo "no, muchas más. Siete y siete, y siete veces..., y así, hasta siempre"».

—¡Ah!

—Por eso, si alguna vez oyes hablar de que alguien es acusado siendo inocente, recuerda lo que hemos hablado y si quieres, me lo cuentas y pensamos qué luces podríamos encontrar.

—De acuerdo.

Dije «de acuerdo», porque me gusta hablar así, me parece la mejor forma de decir que lo veía bien. Así que dije «de acuerdo». Pero debía haberle preguntado algo y no lo hice, y por más vueltas que le daba no me venía a la cabeza. Mi madre se dio cuenta y no se movió.

—Algo tenía que haberte preguntado —solté—, pero como tú me has dicho que primero escuche y después hable, no lo recuerdo.

—¡Ah! —dijo mi madre.

—Mamá, has dicho «¡ah!».

—Sí, me parece que he dicho «¡ah!». ¿Sabes por qué?

—No.

—Pues porque pensaba que, ahora, yo era la que escuchaba y tú el que enseñabas.

—Yo, ¿el maestro?

—Si sigues estudiando, puede que algún día sepas más que yo.

—¿Es posible?

—¡Es posible! De hecho, muchos hijos terminan sabiendo más que sus padres y eso es bueno, siempre que no desprecien a los padres.

—¡Ya me acuerdo! Dijiste que el perdón es la virtud más difícil. ¿Qué es una virtud?

—¿Virtud? Virtud es ejercitar la capacidad que tenemos para hacer el bien. Por ejemplo, sabes que te hablo con frecuencia de que vayas limpio. Eso es una cosa buena. Si tú te esfuerzas por ir limpio, tendrás la virtud de la limpieza, que es el primer escalón para hacer un mundo más bello. El día que los hombres pierdan el sentido de la belleza, descenderá su capacidad de ser mejores, porque la belleza es como una luz que nos ayuda a descubrir la bondad y la verdad. ¿Recuerdas el día que fuimos cerca de San Juan a cambiar una viga? Era una viga salomónica y el señorito quería que papá la guardara para un mueble. ¿Te acuerdas?

—Sí.

—¿Y recuerdas que un pobre se acercó y nos pidió algo para comer?

—Sí, y papá le dio un trozo del pan que teníamos.

—Papá hizo un acto de virtud. ¡Qué bello fue contemplar aquellas dos personas mirándose a los ojos! Parecía una estampa del bien.

—¡Ah!

—Hoy te he hablado de otra virtud, te he dicho que si una persona dice siempre la verdad, se le creerá más fácilmente. Por eso, cuando una persona ama las virtudes, cuando ama la verdad, la bondad y la belleza, se le transparenta hasta en la cara, porque la cara es el espejo del alma.

Miré la cara de mi madre y dije:

—¡Qué espejo!

Ella se echó a reír y me dio el mejor abrazo.

Los pavos reales

Llegué a la carpintería y mi padre, como otras veces, hablaba solo. Bueno, solo no, él habla con la madera, con la herramienta o con las dos a la vez.

Así que me puse a observarlo. De tanto mirar su cara, mientras trabaja, me parece que adivino lo que se trae entre manos… Cuando coge una tabla para hacer una silla o un marco, o lo que sea, parece que dice: «Quedarte, como estás, a la vera de un camino, no digamos perdida en el monte, no es vida. Pero convertirte en puerta o mesa que sostiene la comida es formar parte de una familia, una alegría». Pienso que tiene que ser así, porque no olvido la mesa que nos ha hecho… Aunque me parece que, a veces, la madera puede que no esté de acuerdo. Seguro que tiene sus derechos. «No seas protestón», me dijo un día mi madre. No recuerdo por qué, pero eso fue lo que dijo. Por eso, pienso que la madera también puede protestar. Y es que menudas faenas le hacen. Un día, después de un taladro, apostaría que mi padre le pidió perdón. No le pregunté qué mascullaba, pero cuando hace taladros, cortes, escopladuras, barrenas, martillazos o cualquier otra cosa, siempre murmura. Yo pienso que el serrín que suelta la madera pueden ser sus lágrimas. «Mamá, ¿por qué lloras?», le pregunté un día. Me miró con media sonrisa y dijo: «Porque te quiero». «Y cuando las lágrimas se evaporen ¿qué queda?», volví a preguntarle. Y ella respondió: «Las lágrimas contienen sales y cuando el agua se evapora,

las sales quedan en la tierra como recuerdo de su amor».
«¡Ah!», dije…

Por eso, las lágrimas de la madera, cuando la sierra le parte las entrañas tiene que ser el serrín. Pero si la cepillan, el corte es superficial, por fuera, y no suelta serrín, sino virutas. No sé, pero las virutas me dan alegría, sobre todo, cuando se utiliza la garlopa. Si el carpintero trabaja con la garlopa, compone su figura, estira los brazos, y cuerpo y brazos avanzan y retroceden al mismo son, como si bailaran. Y, entonces, la madera responde con una viruta que se alarga y recoge en un bucle. Siempre que la veo crecer me produce contento. Es verdad que un día mi padre detuvo la garlopa, pasó la mano por la cara del larguero, y gritó: «¡Ya lo sé!». Cuando mi padre trabaja, yo guardo silencio, pero ese día no me pude contener y pregunté: «Papá, ¿qué sabes?». «Hijo, la madera me ha dicho que rebaje el corte». Y cogió el mazo, dio un golpe seco en el trasero de la garlopa y se le aflojaron la cuña y la cuchilla. Las sacó de la lumbrera y aflojó el tornillo. Rebajó el corte del hierro y las encajó de nuevo en su sitio, y él y la garlopa volvieron al baile. Ah, y aquella madera le devolvió la viruta más fina, larga y bella que yo había visto e impregnó el aire de olor a madera.

Pero cuando más abstraído me encontraba, mi padre levantó la vista y se quedó mirándome.

Yo también lo miré y dije:

—Papá, me gustaría ver los pavos reales.

—¿Qué has dicho?

—Que me gustaría ver los pavos reales.

Dejó el cepillo, me cogió de la mano y exclamó:

—¡Vamos!

Me extrañó, pero eso hizo. Atravesamos el gran patio donde no quedaba ni una viga.

—Los albañiles ya están en el interior —me dijo.

—¿Y nosotros?

—Nosotros también. Quedan por rematar las contraventanas y alacenas. Después, meteré mano a los roperos y celosías. Y ¿quién sabe qué otras cosas se le ocurrirán al señorito?

—¿Con la columna salomónica?

—¿Te acuerdas?

—Sí. ¿Y nos iremos antes de que nazca el niño?

—Por ahí andaremos, aunque, a lo mejor, habrá que esperar.

—¡Ah!

Juanillo salía de la cuadra cuando llegábamos.

—¿Podemos ver los pavos? —preguntó mi padre.

—Desde luego. —Y nos llevó al cobertizo.

—El macho es el de la cola —dijo.

Me quedé boquiabierto. Nunca había visto nada igual. Tenía las patas grandes, por las que ascendía un gris que se mudaba, lentamente, en naranja. Después, se convertía en un azul luminoso, ascendiendo hacia el cuello, y descendía por sus espaldas convertido en un verde tornasolado que alcanzaba hasta la última pluma de su grandísima cola. El pavo nos miró, echó el cuello para atrás y comenzó a dar pequeños pasos, como si fuera a iniciar un juego. Yo lo miraba. Aquel era el animal más bello que había visto. Su belleza me conmovía.

—Ya ha cubierto la cola —dijo Juanillo.

—¿Cubierto?

—Sí. Después del verano, se le caen las plumas.

—Sin cola será distinto.

—Resulta menos armonioso.

—A mí me gusta.

—Si lo vieras cuando abre la cola y la alza, te gustaría mucho más.

—¿Toda esa cola?

—Sí, la abre y la eleva como un grandioso abanico. Entonces, muestra su colección de soles.

—¿Me llamarás cuando lo haga?

—Si te encuentras cerca…

—¡Ah!

Y, entonces, descubrí el resplandor azulado del copete que coronaba su cabeza.

Mi padre, nos miró y dijo:

—Me voy, ¿se queda contigo?

—No se preocupe.

El pavo seguía ante nosotros, dando pasos, siempre de cara.

—¿Puedo verlo por detrás?

—Inténtalo.

Y avancé despacio, rodeándolo, pero el pavo giraba al compás de mis pasos, sin perderme la cara, así que dije:

—No se fía de mí.

Juanillo me miró con una sonrisa. Le di otra vuelta y él siempre de frente. Me detuve y dije:

—Está visto que no quiere.

Pero fue pararme y el pavo dio la vuelta hasta quedar de espaldas ante nosotros. Permaneció así unos instantes. Después, lanzó una especie de graznido y estiró las plumas de la cola, abriéndolas. No las alzó, pero quedé boquiabierto. Nunca antes había visto tanta belleza.

—¿Te has dado cuenta? —preguntó Juanillo.

—¿De qué?

—De lo caprichosos que son.

—¿Caprichosos?

—Sí, porque cuando querías verlo por detrás, él no quería; y cuando te has parado, él se ha puesto de espaldas.

—Sí, pero ¿caprichosos?

—Como todos los animales. Como tú y como yo.

—¿Tú eres caprichoso?

—¡Claro! ¿Y tú?

—Yo… Ah, creo que también, porque un día vi una silla en el suelo, boca abajo, con las patas apuntando a la pared, y me pareció un caballo. Así que me monté en ella y comencé a pegarle con una vara para que corriera. Y estuve un rato montado en mi caballo de madera, hasta que mi madre se cansó y me pidió que me bajara, pero yo no le hice caso y entonces ella dijo: «No seas caprichoso, hijo».

—Claro, se te había metido en la cabeza ese capricho y no lo dejaste, a pesar de que tu madre te lo pidió.

—¿Los mayores también sois caprichosos?

—También.

—¿Y de qué os encapricháis?

—Pues de muchas cosas. Hay quien se encapricha de un animal, como el señorito de los pavos reales, que, con lo que tragan y ensucian, maldita la falta que nos hacen. Y hay quien se encapricha de una bicicleta o del juego o de una mujer… ¡Vaya usted a saber!

—¿Y por eso están aquí los pavos reales?

—A mí me lo parece, porque se comen cuanto pillan. Así que, como se escapen, las verduras de la huerta van a durar poco.

—Pero son hermosos.

—Sí, son hermosos, de verdad que lo son. Y a ti, ¿qué es lo que menos te gusta de ellos?

—¿A mí? Los pies.

—Los animales no tienen pies, sino patas.

—¡Ah! Yo cuando miro sus patas no me gustan, pero cuando lo veo entero es tan hermoso que se me olvidan.

Por los alumnos, se conoce al maestro

Los días habían corrido tanto que ayer se despidió el maestro. Nos dijo que tenía que ir a la capital, pues necesitaba informarse e inscribirse. Y añadió: «No sé si podré volver. El examen general está a punto de salir. Voy a preguntar por las asignaturas de Formación Política, Física y Deportiva, asignaturas que se deben impartir. Y como ignoro mi futuro, me despido…».

Se montó en la bicicleta y, antes de partir, añadió: «Tú sigue estudiando…».

No sé si será por eso, pero desde ayer no paro de darle vueltas a lo de ser maestro. Y es que me parece un mundo. ¿Como ser albañil o carpintero? Sí, pero distinto. El maestro estudia y aprende, para él y para los demás. Entonces, me pregunto: ¿un maestro comienza a ser maestro antes de serlo? Y no termino de ver la respuesta, porque si digo que quiero ser maestro, ¿ya tengo algo de maestro? Tampoco lo sé. Pero el deseo, me parece, que debe ir por delante.

No obstante, mi padre quiere que sea carpintero, me lo dijo el otro día: «Si te haces carpintero, te daré todas mis herramientas», —y añadió: «No importa que seas zurdo, pondré la cabecera del banco y el torno a tu izquierda».

Yo no sabía qué decir. Pero ser maestro me parece otra cosa. Seguramente por eso, don Braulio —como lo llamaba mi madre— dijo que «con lo que más disfrutaba era con las preguntas de los alumnos». Y es que ¿vendrán a ser los alumnos como las maderas? No lo sé, pero mi padre dice que lo que él hace, depende de él y de la madera. Claro, no es lo mismo un mueble de nogal, cedro o caoba que de pino. Eso se entiende. Sobre todo, si es de pinsapo. La madera del pinsapo debe ser tan mala que cuando a un carpintero no le gusta la que trae entre manos, dice: «eres peor que la del pinsapo».

Así que llevo unos días dándole vueltas a lo de ser maestro. Y, por más que lo pienso, creo que ser maestro es un mundo. Ya que entre el maestro y el alumno surge, me parece, una chispa difícil de explicar. Aunque es verdad que mi padre también dijo: «Hijo, fíjate que la madera ayuda al carpintero y la más noble, más». Y eso es tan así, que no dejo de darle vueltas. Es más, creo que el maestro es el único que puede convertir la madera de mala en buena, de pino en nogal, y el carpintero, no… ¿Acaso el maestro no puede ayudar a que cambien sus alumnos? ¿No puede, digo yo, hacer que un mal alumno pase a ser menos malo y hasta medio bueno o bueno? Lo sé, sin que me lo expliquen, ya que a mí me ha cambiado: cada día me cuesta menos leer y hacer cuentas. ¿Quién sabe? Acaso con los alumnos pasa como con los caballos, que reconocen la mano del que los lleva. Y quizá, por eso, cuando hace días mi madre me preguntó si me gustaba el maestro, yo le dije: «Cada día más». Y ella contestó: «Por los alumnos, se conoce al maestro».

Y lo entendí claramente.

La niña

Algo debía estar pasando, porque, de pronto, todo fueron carreras. Frasquita llegó agitada, con una olla muy grande, y dijo:

—Diego, llénela de agua y póngala a hervir.

Y allá que salió mi padre a toda prisa, para hacer una candela y hervir el agua.

Juanillo hacía una hora que había partido para el pueblo. Pero, por más que se asomaban, nadie venía. Y Frasquita me cogió de la mano y me llevó a su casa. Al llegar, dijo:

—Tú te quedas aquí, porque esta noche seguro que viene la cigüeña y no conviene asustarla.

No entendí lo que decía, pero me callé.

Al rato, mi padre llegó y dijo:

—Ya están aquí.

Yo seguía callado, sin comprender cómo podía yo espantar a la cigüeña y Frasquita no. Mi padre y el encargado se pusieron a hablar, pero a mí no me interesaba lo que decían. A mí me hubiera gustado estar con mi madre y ver cómo mi hermanito o hermanita, que eso no se sabe, viene a la luz. Pero si venía de noche, ya que pronto oscurecería, solo iba a encontrar la luz de la bombilla. ¿Y si se corta la luz? «Con las restricciones —había dicho mi padre— hay que tener velas o, lo que es mejor, un quinqué».

—Papá —dije—, ¿y si se va la luz?

Me miró, sonrió y dijo:

—No te preocupes, que he dejado preparado el quinqué de torcía y varias botellas con sus velas.

—¡Ah! —Y no volví a hablar.

Desde luego, me hubiese gustado estar con mi madre y ver cómo viene un niño a la luz de las velas. Yo nací entre velas, eso fue lo que me contó mi tía Teresa: «La noche que tú naciste, porque viniste de noche, se había ido la luz que tú buscabas». Y mi tía sonreía con cara de niña cada vez que contaba mi nacimiento. «Y como no había luz —seguía diciendo—, las vecinas trajeron todas las velas que tenían en sus casas. Y así, a la luz de las velas, en plena guerra, viniste a este mundo». Y volvía a sonreír, como si la que me hubiera dado a luz hubiese sido ella.

Pero lo que yo deseaba era estar con mi madre, aunque los párpados comenzaron a pesarme y, poco a poco, dejé de oír el lento ir y venir de la conversación de mi padre y el encargado. Hasta que me despertó un grito. ¿Era de mi madre? ¿Era real o lo había soñado? Abrí los ojos y allí estaban mi padre y el encargado en silencio. Un silencio durísimo, hasta que, por fin, llegó Frasquita diciendo:

—Diego, una niña, ya puede usted ir.

Mi padre, nada más escuchar «una niña», dio un salto y salió corriendo. Yo también iba a correr cuando el encargado me cogió al vuelo y exclamó:

—¡Nooo, tú mañana! Ahora te vuelves al colchón y a dormir, que tu madre debe descansar.

Te vuelves al colchón, pero yo, por más que cerraba los ojos, no podía dormir. Me pareció una crueldad no ver a mi hermanita, porque Frasquita había dicho: «Diego, una niña».

Además, me habían acostado en un colchón de panochas y cada vez que me movía, las panochas crujían como si no me quisieran. Aquella noche no tenía fin, todo pura noche. No sé cuánto tiempo me pasé dando vueltas, hasta que, agotado, debí cerrar los ojos y quedarme dormido, porque con el sol en su sitio, Frasquita tuvo que despertarme. Me preparó un tazón de leche y una torta de aceite. Después, me llevó a ver a mi madre y a mi hermanita.

Yo nunca había visto a un recién nacido. Me empiné para verla mejor. Y la niña estaba allí, con la cara redonda y los ojos cerrados. Hasta pelo tenía. Mi madre nos miró a ella y a mí; después, sonrió y dijo:

—Tu hermanita. —Y la alzó un poco, para que la viera mejor.

De verdad que no me hizo gracia. Me hubiera gustado un hermanito. Con las niñas no me gusta jugar, aunque tampoco lo sé, porque aquí, en el cortijo, nunca he visto a una niña. Aquí, la única niña que he visto no era una niña, sino una muchacha, la sobrina de Frasquita, de la que ella había dicho: «¡Qué guapetona se está poniendo mi sobrina!».

Pero mi hermanita, por más que yo la observaba, no abría los ojos. Se me ocurrió silbarle, pues recordé que el día que la sobrina de Frasquita cruzó el patio para ver a mi madre, dos albañiles se pusieron a silbar. Y a ella parece que le gustó, porque entró en la casa contoneándose y sonriendo. Así que, muy bajito, comencé a silbar y silbar a mi hermanita, pero ella ni mirarme. Cuando me cansé y dejé de hacerlo, abrió los ojos y me miró. Estoy seguro. Y por eso me parece que he descubierto que a las muchachas les gusta la música del silbido, pues la traen en el cuerpo. Yo le devolví la sonrisa y le dije:

—No te preocupes que te voy a silbar siempre que quieras.

Mi madre puso cara de extrañeza, me dio un beso y me pidió que las dejara, pues necesitaban, la niña y ella, descansar.

¡Ay, si las mías te diera!

Mi hermanita tenía una semana cuando mi madre salió con ella a la puerta de la casa. Frasquita, los dos primeros días, nos había preparado la comida, pero al tercero mi madre se levantó y dijo que ella ya podía. Yo, cada vez que veo a Frasquita, le doy las gracias y ella sonríe contenta. Si no fuera tan mayor, seguro que le silbaría. Pero a las mujeres mayores nadie les silba. Puede que esa afición se les pase con los años. Así que mi madre me dijo que la acompañara a la carpintería. Y allí estaba mi padre, terminando una gran mesa. La cama con las columnas salomónicas ya estaba en el dormitorio del señorito. A la mesa le estaba dando goma laca con la muñequilla. Los albañiles y blanqueadores hacía días que se habían marchado. Y el señorito dejó dicho que los demás muebles del cortijo se harían a gusto de la señora cuando ella estuviese allí, así que cuando mi padre concluya lo poco que queda, nos iremos.

—¿Por qué has salido? —le preguntó mi padre.

—Me encuentro bien, no te preocupes.

Mi padre buscó una silla y se la arrimó; después, me alargó un taburete y nos sentamos.

La carpintería. Mi padre en su trabajo, mi madre con la toquilla, mi hermanita en su regazo y yo mirándolos a los tres, me pareció el mejor lugar que podía imaginar.

«El día que sea pintor lo voy a dibujar», me dije.

Y, de pronto, mi hermanita comenzó a llorar y mi madre le quitó los pañales para verle el culito. Se lo miró y dijo:

—Mi niña, no llores que acabas de comer y estás limpia.

Y, muy despacio, comenzó a colocarle los pañales.

Mi padre detuvo su trabajo, las miró y, como si recitara, dijo:

«Mis manos en la madera,
las tuyas en el pañal,
¡ay, si las mías te diera!».

Mi madre levantó los ojos, con una mirada tan clara y una sonrisa tan dulce, que yo me quedé boquiabierto.

Mi padre, que no dejaba de mirarla, le devolvió la sonrisa. Y a mí me entraron ganas de aplaudir, pero no lo hice. No lo hice, porque, a veces, me parece que soy corto. «Niño no seas tan corto y cógelo», dijo mi madre el día que la sobrina de Frasquita me trajo un cuento.

No aplaudí y esperé en silencio. Al ratillo, pregunté:

—Papá, cuando se acabe el trabajo, ¿a dónde iremos? ¿A Palenciana?

—Sí, a Palenciana, porque al señor cura le prometí que iría a hacerle las chapuzas que estaban esperando. —Y añadió—: El señorito me ha dicho que cuando termine el trabajo de Palenciana, nos esperan en San Juan, otro cortijo que necesita obra, y, después, en Antequera, donde, según me ha contado, quieren hacer una fábrica y un colegio. Y allí hay buenos colegios y hasta un Instituto, según me han referido, así que podréis estudiar tú y tu hermanita.

—Ah, pues no sabes cómo me alegro —dije, y me puse a dar saltos de alegría.

Mi padre, mi madre y creo que mi hermanita sonrieron.

La despedida

Ayer fue un día muy extraño. Lo vivimos, mi madre y yo, empaquetando algunas cosas, pero la cama, mesa y sillas no, «porque se cargan tal cual», había dicho mi padre.

Mi padre se encontraba dando color a las celosías. Había logrado, con dos clases de anilina, un color caoba claro precioso.

Y el campo en abril parece «un primor», como le gusta decir a Frasquita, pero nosotros nos marchamos mañana.

Por eso, después del almuerzo, fui a despedirme de la huerta, el olivar, el sauce y las encinas. Las encinas han sido las primeras. Les tengo tanto cariño que me parecen más que árboles. Las herramientas de mi padre son de la bellota y, ahora, las encinas parecen como renacidas. Han florecido y «el primer amarillo de sus pequeñas flores ponen al campo como un temblor», dijo el señorito. Mi padre me contó que su madera es muy dura. Tanto, que los mejores arados se hacen con ella y que la cruz de Cristo era de encina, pero que eso solo lo había oído. Aunque bellotas, por lo menos, hasta octubre, ni una. Después, fui a la huerta, le agradecí los frutos y verduras. Pasé por la alberca, donde está el sauce llorón. Siempre que lo veo, parece que escucho: «no corras, tú también debes estar en tu sitio». Y ocurrió algo que no esperaba: se me saltaron las lágrimas. Yo no sabía que las despedidas dolían. Así que volví donde mi madre, que estaba empaquetando ropa, y le pregunté:

—Mamá, ¿por qué duelen las despedidas?

Me miró y dijo:

—Porque suponen un desarraigo y a las personas agradecidas les duele.

—Sí, pero ese dolor no es como el de un porrazo.

—No, es distinto, es del alma y del sentimiento.

—¡Ah! ¿Y eso es malo?

—No, el que tengas esos sentimientos es señal de que eres una persona sana.

—¿Un dolor sano?

—¡Claro!, porque si no sientes la separación de un amigo, no conoces la amistad que nace del amor. Los actos de amor, hijo, tienen dos fuentes: la que busca su gusto y la que desea ayudar. Y, por eso, si a todas horas solo deseamos las cosas que nos gustan, nos podemos convertir en unos egoístas. Pero si amamos, movidos por el deseo de ayudar y hacer felices a los demás, ese amor es el más generoso. Entonces, si tú te esfuerzas por recoger las cosas, pues sabes que me agrada, eso es señal del amor más bello y más cristiano, aunque, a veces, cueste o duela. ¿Me he explicado?

—Me parece que sí. Pero ¿ese sentimiento dura mucho?

—Depende de lo grande que sea tu amor. Puede que, con el tiempo, mires para atrás y, en lugar de dolor, sientas agradecimiento.

—¡Ah! —dije, y le di un abrazo de amor agradecido. Y mi madre se me quedó mirando con ojos de madre, así que la dejé empaquetando la ropa y fui a seguir despidiéndome del cortijo. Le di una vuelta entera. Salí por el gran portón, pintado de verde, que había hecho mi padre, y admiré la tapia levantada por los albañiles. Me dije que si un cortijo acumula tanto sudor y trabajo, ¿qué no será un pueblo o una ciudad o, como dijo Jerónimo, una capital? ¿Capital vendrá de capitán? Me gustaría saberlo. ¿Las palabras necesitarán, como las plantas, semillas? ¿Tendrán hermanas?

Me alejé del cortijo, quería verlo como en un retrato. Lo miré despacio y vi que se alzaba dueño de sí y recordé al sauce, que siempre estaba en su sitio. Y le grité: «¡gracias!». Puede que parezca una tontería, pero, después de darle gracias, me sentí mejor. Y seguí dándole la vuelta y admirando los tejados que se levantaban sobre el armazón que hizo mi padre. Y cuando volví al portón, me dirigí a las cuadras. Juanillo no había llegado, estaría en el pueblo. Y fui a la herrería, pero Jerónimo hacía días que no venía. Entré y me despedí de la fragua y su manivela, con la que tantas veces había animado el fuego.

«De Frasquita y el encargado seguro que nos despedimos mañana».

Y al llegar, antes de entrar, le di las gracias a nuestra casa. Y me di cuenta de lo importante que es una casa, porque en ella vive la familia. Y me pregunté: «y a la familia, ¿quién le da las gracias?». Por lo que pensé: «la familia es algo así, como…». Y me quedé sin palabras, sin saber con qué la quería comparar, hasta que grité:

—¡Como un mar de acogida! ¡Eso!

Y me alegré de haberme acordado del mar que siempre acoge, como la familia. Pues ¿qué ha hecho mi hermanita para que se la acoja? Nada. Dejarse acoger. La familia es lo mejor. Es dar y darse siempre. Mi madre y mi padre siempre están dispuestos. Me acogen, aman, ayudan y no se olvidan de mí. Desde luego, si miro a mi hermanita, ya sé que la familia es lo primero, pues estaba ahí, esperándola, antes de que llegase. En todas las casas debería haber un monumento a la familia.

Al entrar, pregunté a mi madre:

—Del señorito ¿no nos despedimos?

—No, pero el otro día vino a despedirse, ¿no te acuerdas?

—Me acuerdo de tu cara.

—¿De mi cara?

—Sí, porque dijo algo del campo y a ti se te alegraron los ojos.

—¿Sabes qué dijo?

—No.

—Pues te miró, tú estabas con los ojos abiertos, y él dijo: «Como el campo, tanta belleza y él sin saberlo». Por eso, me emocioné.

—¡Ah!

Y, entonces, me acordé de la familia y le dije:

—Mamá, a la familia ¿quién le da las gracias?

—Cada uno de sus miembros cuando viven lo que son. —Me miró con dulzura de madre, sonrió y añadió—: Sí, porque la vida en familia es como una danza en la que todos son distintos, pero tan necesarios y únicos que componen el aire y belleza de la danza. Así es como se le dan las mejores gracias a la familia.

—Ah. —Abrí los ojos y levanté los brazos como si fuera a bailar, y mi madre también los alzó y nos dimos, ¡ay!, ¡qué abrazo!

La tormenta

El carro iba a su marcha. Comenzó a lloviznar y mi madre dijo:

—Mira, ¡un palomo!

Alcé la cara. Volaba como si supiera a dónde dirigirse. ¿Cuántos meses hacía que había desaparecido, otra vez, el mío? Alguien exclamó: «En estos tiempos de hambre, ni palomos vemos». Y me entró un agobio tan grande, que me quedé mudo. Pero, ahora, miré a mi madre y dije:

—Mamá, ¿qué habrá sido de nuestro palomo?

Ella dijo despacio:

—En la vida, aun doliéndonos perder lo que amamos, nuestra actitud debe ser encontrar los caminos de la verdad.

—¿De la verdad?

—Sí, porque hay cosas que tardan en descubrirse y la primera impresión puede que no sea la verdadera. Verás, cuando conocemos a una persona, podemos tener una sensación desfavorable. Y hasta puede ocurrir que la comentemos. Si nos acostumbramos a actuar así, nos volveremos duros y criticones con los demás. Eso no es bueno, ni para ellos ni para nosotros.

—¿Para nosotros?

—Sí. Tú sabes que lo que más susto me da son las masas. Y me lo da, porque hay personas que se dedican a enardecer los sentimientos de las masas. Cuando lo consiguen, si dirigen esos sentimientos contra alguien o algo, las masas enfurecidas pueden destruir lo que, con tanto esfuerzo, se ha construido. No es lo mismo sentimientos y verdad.

—¿Pero nos hacemos daño a nosotros?

—Vamos a ver: ¿puedes decirme qué fue lo primero que sentiste al ver a Frasquita cuando llegamos a la Casería?

—No sé, pero me pareció una mandona.

—Y ahora, después de haberla conocido, ¿qué dirías?

—Pues que es una señora que siempre ayuda.

—¡Ajá! ¿Ves la diferencia entre sensación y verdad?

—¡Claro!

Mi madre sonrió y, mientras besaba a mi hermanita, comenzó a arreciar la lluvia. Al poco, llovía a cántaros. La mula se espantó y echó a correr, haciendo que los bultos saltaran y el carro traqueteara como si se fuera a descomponer. Yo salí despedido del colchón y a punto estuve de caer en el barro del camino. Mi madre alargó el brazo, tiró de mí y me arrastró hacia ella. Quedé de rodillas, abrazado a ella y sin saber para dónde mirar. El toldo se había corrido. Mi padre y Andrés se abalanzaron sobre la bestia y la agarraron por las riendas, al tiempo que Andrés gritaba y gritaba:

—¡Soo…!, ¡sooo…!, ¡soooo…!

Cuando lograron tranquilizarla, el carro volvió a su paso. Mi madre miraba con asombro. Yo estaba boquiabierto, pues nunca había vivido un sobresalto como aquel. Tampoco había visto la valentía de dos hombres que, olvidándose de todo, saltaban sobre un animal desbocado hasta apaciguarlo.

«Qué gran verdad contiene este susto», me dije.

Mi padre vino corriendo donde nosotros y mi madre le dijo:

—No te preocupes, Diego, estamos bien. La niña, ni llora y tu hijo es un hombre.

Me volví hacia mi padre y dije:

—Papá, gracias, dáselas también a Andrés.

—Tras la tempestad, viene la calma —dijo mi padre.

Pero mi madre permanecía en silencio. Así que recordé la jornada: habíamos salido a las ocho de la mañana, mi padre tenía prisa y mi madre, tras fregar el suelo y cerrar la puerta de la casa, le hizo una reverencia. Mi padre, parecía nervioso. Había puesto el colchón sobre la solera del carro; la cabecera de la cama de pie por su parte más alta, amarrada a los barrotes de un lateral, y en la misma postura el pie de la cama, amarrado al otro costado. Apoyó el somier sobre las dos alturas, lo amarró y extendió un gran toldo encima. Contempló satisfecho la especie de boca de cueva que acababa de levantar. «Vosotros viajaréis resguardados. Si llueve, mamá, la niña y tú no os vais a mojar». Nos acompañaba Andrés, el carrero, un hombre bueno y fuerte, porque, tras el viaje, el carro tenía que volver al cortijo.

Pero mi madre permanecía callada y aquel silencio me dolía, así que dije:

—Mamá, ¿por qué vamos en silencio?

—Hijo, hay momentos en los que el silencio es la mejor palabra.

—¿La mejor? ¿No me dijiste que hablando la tristeza se vuelve menos triste?

—Es cierto, pero no olvides que las mejores palabras nacen del silencio.

—¿Del silencio?

—Sí, hijo, y a él llevan.

—No lo entiendo.

—Verás, si tú hablas sin pensar en lo que dices, tus palabras pueden servir para matar el tiempo, pero pronto se olvidan. Mientras que si piensas en lo que vas a decir, tus palabras tienen peso y se recuerdan mejor, pues son palabras hablantes, palabras que siguen comunicando y acrecientan el amor. Hijo, el silencio es la fuente de las mejores palabras.

—¿Cómo las palabras que me dijo el maestro: «tú sigue estudiando»?

—Sí, y como algunas que te enseñó Jerónimo.

—Entonces ¿las palabras nos aguzan?

—¿Ves? Todavía recuerdas la primera que aprendiste de él. Me alegro.

Mi madre me miró, enderezó a la niña sobre su pecho y le dio un abrazo. Vi juntas a mi madre y a mi hermanita y me dije: «los gestos también hablan» Y recordé la fortaleza de mi madre y la entrega de mi padre ante el susto que nos habíamos llevado. Y pensé: «las madres, cuando tienen un hijo, dan a luz el amor que el hijo necesita». Y me pregunté: «¿y si ya tienen otro hijo, no darán también a luz el amor que el hermano necesita?». No lo sabía, pero miré a mi hermanita, me abracé a ella y a mi madre, y las vi con otros ojos, como algo que me salía de muy adentro. Y, entonces, mi madre exclamó:

—¡Qué maravillosa es la naturaleza que nos da los hijos cuando podemos criarlos!

Nos abrazó a los dos y me pareció que aquel abrazo había nacido del silencio, como las palabras hablantes. Y dije:

—Mamá, me gusta lo que has dicho.

—¿Qué?

—Lo de la naturaleza maravillosa.

Ella sonrió. Yo alcé la vista y allí estaba Palenciana, como un animal que sabe esperar, recostado y blanco.

—El pueblo de mis padres —dije en voz alta.

Y mi madre me miró con su más bella sonrisa.

Índice